かぼちゃ小町

料理人季蔵捕物控

和田はつ子

時代小説文庫

角川春樹事務所

目次

第一話　あま干し柿《がき》

一

江戸の秋は艶《あで》やかである。

紅葉《もみじ》が色づく頃、鴇《とき》色の柿《かき》が実をつける。朝夕の寒さこそ増してきてはいたが、市中は暖かな色で彩られる。

日本橋は木原店《きはらだな》にある塩梅屋《あんばいや》では、例年通り、熟柿《ずくし》を拵《こしら》えている。

熟柿は塩梅屋の裏庭にある美濃《みの》柿の実を、頃合いを見てもぎ取り、木箱に入れ、座布団で保温しつつ、離れの座敷で熟成させて作り上げる。

これが仏典に載っている菴摩羅果《あんもらか》（マンゴー）にも似て、得も言われぬ高貴な甘みと極上の舌触りゆえに、この時季、市中の甘党の垂涎《すいぜん》の的であった。

ところが、裏庭に一本の美濃柿を植えて、これを作り始めた塩梅屋の先代長次郎《ちょうじろう》は作る数を限った。

寒さが訪れつつあって、餌《えさ》に難儀する野鳥たちへの配慮でもあるが、先が短く幸薄かった人たちこそ、たとえ一時でも、この世の美味《うま》さを堪能《たんのう》してほっと一息、幸せを感じてほしいと願い、身寄りのない老人ばかりが肩を寄せ合うようにして住まう、太郎兵衛《たろべえ》長屋にのみ配った。

そうはいっても、何個かは太郎兵衛長屋の住人の数よりも多く作る。

だが、これが大変である。

塩梅屋の裏庭の柿の実が色づいたと知れると、余分に拵える分を見越して、どうしても分けてくれ、金に糸目はつけないという金持ち連中の使いが訪れた。

浅草にある、仙観《せんかん》寺という名刹《めいさつ》から、使いとして寺男《てらおとこ》が文を届けに来て、帰ったばかりであった。名刹の中には蓄財に秀でている住職もいる。

「下手な嘘《うそ》も三年続けてつけば立派よね。〝熟柿は御仏《みほとけ》の恩物ゆえ、御仏にお仕えする拙僧の病を癒《いや》し、必ずや命をお救いくださるはず。拙僧の命は明日をも知れぬ。是非とも、今年こそ、菴摩羅果の御慈悲に拝したい。我が夢叶《かな》いし時は、望むがままの小判をもって功徳《くどく》とする〟ですって。仙観寺の御住職様はいったい何年重病に罹《かか》っているのかしら？」

先代の忘れ形見で看板娘のおき玖《く》が呆《あき》れ顔で文を読み上げた。

熟柿を無心する輩《やから》の使いと話をするのは、いつしか、おき玖の役目になっていた。

――どうせ、先方の話を聞くだけで、誰にも都合しないんだし、仕込みや料理で忙しい季蔵《としぞう》さんに、余計な手間を取らせてはいけないもの――

「他人様《ひとさま》の文の中身を、そんなにぺらぺらしゃべっちまって、いいのかね」

履物屋の隠居喜平《きへい》がおき玖を咎《とが》めた。

時はとっくに暮れ六ツ（午後六時頃）を過ぎていて、床几《しょうぎ》には、喜平と大工の辰吉《たつきち》が腰かけている。

この二人と指物師《さしもの》の婿に納まった勝二《かつじ》の三人は、先代から続く得意客である。三人揃《そろ》って三日にあげず訪れていたものだったが、舅《しゅうと》が亡くなってからというもの勝二は妻子を抱えて、仕事に精進する日々となり、塩梅屋に立ち寄らなくなって久しかった。

「そうだよ」

辰吉も案じる目をおき玖に投げて寄越《よこ》した。

俎板《まないた》を前に包丁を動かしている季蔵の表情は見えない。

「どうぞ」

季蔵は伏し目がちのまま、白身の魚を造りにして二人の前に置いた。

「おう、甘鯛《あまだい》だ」

早速、箸《はし》を手にした辰吉に、

「いや、ホウボウだろうよ」

喜平が首を大きく横に振ると、辰吉の目が尖《とが》った。

商人たちが商売繁盛を祈願する恵比須講《えびすこう》が近づいていて、たとえ甘鯛であっても、鯛と称される魚は値上がりしている。甘鯛とホウボウとでは値に開きがあった。

「甘鯛だぞ」

辰吉は声を震わせた。

柳腰のいい女好みの喜平が、辰吉の恋女房を縕袍《どてら》と評したのが発端で、長きにわたり、二人の酒の肴《さかな》は喧嘩《けんか》だったが、寄る年波もあってか、また、仲裁役の勝二がいないからなのか、このところは穏和な酒で、辰吉の目が喜平に向けて尖ることなど滅多になかった。

「食べてみりゃ、わかる」

喜平は素早く箸で摘《つま》んで口に入れたものの、

「うーん」

箸を置き、両腕を組んで、

「こう、いい塩梅《あんばい》に甘みがあると甘鯛のような気もしてきたな」

いつになく、自信のない様子で目を泳がせた。

「どれどれ」

同じように白身の一切れを口に運んだ辰吉は、

「間違いねえ、これは甘鯛さ」

ざまあみろという体《てい》で尖り目の奥が笑った。

「実はホウボウなのです」

季蔵は二人に微笑《ほほえ》みかけた。

「やっぱりな」

喜平は勝ち誇ろうとしたが語調は弱かった。

「けど、口の中にほどよい脂がすっきりと広がって、こんなにいい甘みなんだよ。ホウボウの刺身も不味《まず》かあないが、甘鯛に比べりゃ、旨味《うまみ》が今一つだ。そうじゃねえかい？」

しょぼついた目になった辰吉は、おどおどと抗議した。

「わたしもそう思います。今日仕入れたホウボウは大きく、とかく大きなものは大味なのですが、そうではなく、甘鯛そっくりな旨味がありました。そろそろお二人がおいでになる頃と思い、ついつい悪戯《いたずら》心が働き、見分けがつかないように、皮を引いて造ってみたのです」

季蔵の説明に、

「なるほど」

喜平が頷《うなず》き、

「そうだったのか」

辰吉は笑みをこぼした。

「お二人とここにおいでにならない勝二さんは、いわば、うちの身内みたいなものですから。ですから、先ほど、ご心配いただいたことはどうか、ここだけのことに――」

そこで初めて、季蔵はおき玖の方を見た。

――あたし、つい、金棒引きみたいにおしゃべりが過ぎて――

ずっと青い顔だったおき玖を、

――大丈夫ですよ――

目だけで頷いて安心させた。

「わかってる、わかってる」

辰吉はおき玖に笑いかけ、

「世間の口はうるさいもんだ。金を積んで熟柿を欲しいと頼んでくる連中のことを、塩梅屋じゃ、嗤《わら》い物にしてるなんてことが噂《うわさ》されちゃ、この先、商売があがったりになるんじゃないかって、案じたまでのことさ。わしらの前で言うのはかまわないが、相手かまわずは駄目だよ、おき玖ちゃん」

喜平は優しい目で諭した。

「心配をおかけしてすみません」

おき玖は頭《こうべ》を垂れた。

「それでなくても、ここの熟柿をやっかむ奴は多いんだから——」

辰吉が口を滑らせると、

「おいおい、つまらないことは言うなよ、余計な心配をさせちまうじゃないか——」

喜平は止めにかかったが、

「どんな風に言われているのですか?」

季蔵は気にかかり、先を促した。

「まあ、その——」

辰吉が口を濁すと、

「実はうんと高く売る分を別にこっそり作ってるんだろう、っていう噂でしょう？」

おき玖が小声で呟《つぶや》いて、

「つい最近出た〝市中美食案内〟に、人気絶頂の歌舞伎役者中村団十郎《なかむらだんじゅうろう》が、去年、塩梅屋《うちの》の熟柿を食べて、今年も楽しみにしていると書いてあるのよ。艾長者《もぐさ》の草木屋《そうもくや》さんの主《あるじ》の名もあったわ。他に名の出ていない人たちを含めて、二十六人の食通たちが絶賛してたって」

――二十六人といえば、去年の太郎兵衛長屋の人数と一緒ではないか――

季蔵はがんと頭を殴りつけられたような気がした。

――もしや――

「毎年、余分は数個しか作っていないし、市中に出回るなんておかしな話。でっちあげに決まってるわ」

おき玖は唇を尖らせたが、

「ここまで話が進んじまったんで言うが、団十郎も、艾長者も熟柿は食ったろうと、わしは思う」

喜平はやや気難しい顔を向けた。

「だって、今まで、熟柿は太郎兵衛長屋にだけしか、届けてきていないのよ」

ムキになるおき玖に、

「その太郎兵衛長屋さ」

「まさか、そんなこと――」

やっと気づいたおき玖は、さっきにも増して青ざめた。

「そのもしやだよ。はっきり言おう。どんなに金を積んでも、熟柿を食いたいっていう連中相手に商いをしてる奴に、太郎兵衛長屋の連中が、ここの心づくしを売り渡してるんじゃないかと思う」

「酷《ひど》い、それじゃ、おとっつぁんのせっかくの気持ちが無駄になるじゃない」

あまりのことに、一瞬、おき玖はぐらりと身体《からだ》をよろめかせ、季蔵に支えられた。

二

その後、何日もおき玖は口数も減って塞《ふさ》いだ様子でいた。

飯炊き等おき玖でなければという仕事を終えると、ふーっと疲れたため息をつき、

「お嬢さん、どうかお休みになってください」

季蔵に促されて二階へ上がってしまう。

「喜平さんたちに諫《いさ》められて、その通りだとは思ったんだけど、あたし、自信がなくなっちゃって」

おかげで、熟柿を分けてほしいという頼み事を断るのは季蔵の役目になった。文を添えてくる向きには、一度中身を読んでから、断りを口にする。

何日かして、喜平と辰吉が訪れた折も、おき玖はそそくさと二階に上がってしまった。

「どうやら、嫌われちまったようだ」

喜平は苦笑し、

「けど、俺は一度でいいから、熟柿ってやつを食べて仏様のいる極楽へ行ってみてえよ」

つい、辰吉は本音を口にした。

「そんなこと抜かすとますます、おき玖ちゃんに嫌われるぞ」

眉《まゆ》を寄せた喜平に、

「それじゃ、ご隠居はここの熟柿を食ってみたくはねえんですかい？」

辰吉はぽんと言い返した。

「そりゃあ、きっと、熟柿ってのの舌触りは小股《こまた》の切れ上がったいい女の肌触りみてえだろうから、食ってはみたいさ。さぞかし美味えだろう」

喜平はぺろりと舌で唇を舐《な》めた。

そんなある日、夏場は胡瓜《きゆうり》と河童《かつぱ》話を商っていた本所《ほんじょ》に住まう平助《へいすけ》が、塩梅屋に立ち寄った。

背負った籠《かご》には胡瓜の代わりに菊の折枝が投げ込まれている。白、薄桃色、黄色、橙《だいだい》、赤等と菊ならではの華麗な花姿である。

「まあ、一束、店にでも飾るか、仏壇に供えてくんな」

平助は五、六輪の菊の束を差し出した。

季蔵が代金を払おうとすると、

「いいってことよ」

平助の目が急に細まって、

「あんたにはいろいろ世話になってることだしさ」

「そうですか、それでは有り難くいただきます」

季蔵はとりあえず、水を張った盥《たらい》に菊を入れた。

「よかった、よかった」

平助がほっと胸を撫《な》で下ろすと、

「実はね、弘吉《こうきち》さんと女房のお篠《しの》さんが引っ越して八王子に落ち着いたんだよ」

声を潜めた。

平助が親しくしていた弘吉、お篠の夫婦には壮絶な過去があった。

押上《おしあげ》村で苗作りをして暮らしを立てていた弘吉は、松田《まつだ》弘太郎《こうたろう》という名の元浜根《はまね》藩の武士であった。浜根藩で禄《ろく》をはんでいたのだが、藩校の学友であった藩主の六男平野《ひらの》宣啓《のぶひろ》と、奥に仕える女、お夕《ゆう》を争い、剣術試合の結果、勝利した。

ところが、その後、六男が家督相続をすることとなり、藩主に弓引いた者として、首を刎《は》ねるか、男二人を惑わしたお夕を、斬《き》り捨てるかのどちらかを選ぶしかなくなり、愛に生きると覚悟を決めた弘吉は、お夕こと、今の女房のお篠と一緒に逐電するしか道はなくなったのである。

二人は点々と居を替えて、逃げるように暮らし続け、しばらくは、江戸に落ち着いていたのだったが、不運にも、旧知の浜根藩の江戸詰めと出くわしてしまい、刺客に命を狙《ねら》われる羽目に陥った。

「お篠さんを守るためとはいえ、ああいうことをしちゃあ、いつ、捕まるかしれねえって、弘吉さんは気が気じゃなかったんだよ」

——それは言える——

弘吉は刺客を撃退するために、戸を引くと大きな石が落ちて戸口をくぐる者の頭を砕く仕掛けを、戸口に拵えていた。

刺客に雇われた二人のごろつきがこれで命を落とし、平助はこれらの始末を手伝っていたのである。

「弘吉さんは捕まりそうになったら、自害するから、お篠さんをよろしく頼むって俺に頭を下げたんだよ。でもねえ、あれだけ必死で長いこと、身を寄せ合って生きてきた夫婦《めおと》は、どっちかが欠けちゃ、片方はもう生きられねえだろうって、俺は思ってたんだ。それで、苗作りが盛んな知り合いの田舎《いなか》を思い出して、そこへ段取りしたってわけさ。言っとくけど、何も、季蔵さんの口を疑ってるわけじゃないよ」

「わかっています」

今のところ、弘吉夫婦の過去と刺客撃退の事実を知っているのは、真相に気づいた季蔵だけである。

季蔵はこの事実だけは誰にも洩《も》らすまいと決めている。

「聞いてほっとしました。ほんとうによかった――」

「女を想《おも》ったら、弘吉さんみたいにありてえもんだよ」

平助はしみじみと言い、

「まったくです」

季蔵は思わず目頭が熱くなった。

「あんたも女で後悔、あるようだな」

「ええ」

弘吉同様、武士として鷲尾《わしお》家に仕えていた季蔵には許嫁《いいなずけ》の瑠璃《るり》がいた。横恋慕した鷲尾家の嫡男は季蔵を嵌《は》めて、瑠璃を我が物としようとしたのである。自害を迫られた季蔵は得心がいかずに出奔《しゅっぽん》したものの、すぐに路銀を使い果たして、食うや食わずで市井《しせい》を彷徨《さまよ》っているところを、塩梅屋の先代に拾われ、料理人として生きる道を勧められて、今日に至っている。

一方、瑠璃の父親は季蔵の代わりに責めを負って腹を切り、瑠璃は泣く泣く実家《さと》の存続のために嫡男の側室となった。

そんな二人が再会したのは雪見舟の中であった。

季蔵が拵える雪見鍋《なべ》を前に、確執の深かった鷲尾父子《おやこ》は殺し合って共に果てた。

そして、その場にいた瑠璃の心は、もうこれ以上、修羅場に耐えることができずに折れてしまった。

以来、瑠璃は時折、〝季之助《としのすけ》〟と武士だった頃の名で季蔵を呼ぶことがあるだけで、魂の抜けた綺麗《きれい》な人形のような様子で心の病を囲い続けている。

——あの時、一緒に連れて出ていれば——

季蔵の後悔は尽きなかった。

「恥ずかしい限りです」

「そうか、あんたもか。それって、あん時、ああしといたら、こうしといたらってえやつだろ？」

「ええ」

「俺もなんだよ。それも二度目でさ。今度こそって意気込んでたんだけど、やっぱり、俺みたいなもんじゃ、月とすっぽん、不似合いなんじゃないかって、うじうじしちまうんだ」

口走った平助に、

「米沢屋《よねざわや》さんの商いはいかがですか？」

季蔵は訊《き》いた。

七福神の乗る金の宝船を、将軍家から下賜されたという大店《おおだな》の米沢屋は、その宝船を手放しただけでなく、女を取り合った挙げ句、主が婿を惨殺するという不行状が祟《たた》って取り潰《つぶ》されてしまったが、裏店で妻子がささやかに商いを続ける搗米《つきごめ》屋の米沢屋は、夏の終わりに店を開いたばかりであった。

「八重乃《やえの》さんもお美津《みつ》ちゃんも働き者だからね、そのうち、〝繁盛して家にネズミの来た米屋〟になるさ」

八重乃は婿殺しが発覚して首を括《くく》った米沢屋の内儀《ないぎ》で、お美津は男前の手代を婿にした家付き娘であった。

男二人はどうして、こんなに綺麗で申し分のない母娘《おやこ》を袖《そで》にして、色気たっぷりの長唄《ながうた》の師匠を取り合ったりしたのだろうかと、一時、世間の噂になった。

長唄の師匠の裏の顔は、墓荒しの首領だったから、ようは、悪女というものは、よくよく男を惹《ひ》きつけるものなのだということになったが、すでに悪運尽きて自害していることから、これから先、そんな女は滅多に出てくるわけがないのだと、世の女たちは安堵《あんど》し、いつしか米沢屋の噂は絶えた。

「平助さんも毎日のように手伝っていると、お美津さんから聞いています」

足で杵《きね》を踏んで上下させ、地面に埋めた臼《うす》の中の玄米の糠《ぬか》を落とし、精米するのが、搗米屋の仕事である。

「あんただから言っちまうが、〝搗米屋女を見ると強く踏み〟なんだよ」

「搗米屋は平助さんで女は八重乃さんですね」

二人が幼馴染《おさななじ》みだったこともお美津から聞いていた。

「そうなんだが――」

平助は真っ赤になって俯《うつむ》いた。

「お美津さんが、おっかさんの八重乃さんが見違えるように元気になったと言ってましたよ」

「そりゃあ、結構なことで俺もうれしいんだが――」

平助は顔を伏せたままでいる。

「順風満帆とはこのことで、何か、案じることでも？」

季蔵は首をかしげた。

「八重乃ときたらすっかり、若返って、ますます女っぷりが上がっちまって、お美津ちゃんと並んでも姉妹にしか見えない。それもいいんだが――」

「恋敵ですか――」

季蔵はやっと気がついた。

「恋敵だなんて、美濃屋《みのや》の旦那《だんな》を前におこがましいよ。前の米沢屋の時もそうだったが、八重乃は綺麗で優しくて賢く働き者。八重乃ほどの女は大物に見込まれるのさ。八重乃を想う気持ちは誰にも負けないが、何せ、俺ときたら貧乏人だ。一緒になったって、出来るのは足で杵を踏むぐらいが関の山だよ。ほんとに八重乃を幸せにできるのかって、まだ迷ってる」

「幸せはお金だけではないでしょう」

「そうはいってもさ」

「今の米沢屋さんは美濃屋さんのお力添えでしたね」

美濃屋はお上の命で元の米沢屋を預かる際、奉公人たちを続けて雇うことを八重乃と約束したが、いざとなると前言を翻す代わりに、母娘に搗米屋を開業させていた。

「美濃屋さんはよくおいでなのですか？」

「三日にあげずだよ。でも、そのおかげで、今の米沢屋はそこそこ繁盛してる。美濃屋の旦那さんが筋のいい客を連れてきてくれるんだ。奉公人の話の時は、路頭に迷う奴もいるだろうからって、八重乃さんたちは腹を立ててたそうだけど、ちゃんと、新しい奉公先とか、郷里《くに》に帰る路銀とか、一人残らず世話をしてくれてた。美濃屋の旦那は元の米沢屋の奉公人たちが、美濃屋流に馴染むのはむずかしかろうってことで、奉公人同士が要らぬ仲たがいをしねえようにと、八重乃さんとの約束を破ったんだそうだ。その上、新しい商いの手助けもだろう？　美濃屋への米沢屋下げ渡しはお上の決めなすったことだ。八重乃さん母娘を奉公人と一緒に叩《たた》きだし、米沢屋だけ貰《もら》って知らん顔してたって、誰も文句は言わねえはずだから、これはもう大恩情だよ。そこまでわかると、お天道様が西から上ったたって、美濃屋さんには、敵《かな》いっこない。八重乃さんたちだって、足を向けちゃ寝られねえだろうしよ」

平助は悩ましげに深々とため息をついた。

三

平助が立ち寄った翌朝、季蔵が木原店に行くと、

「季蔵さん、大変なんだよ」

塩梅屋の前に立っていた下働きの三吉《さんきち》が気づいて走ってきた。

「どうしたんだ？」

三吉の顔が青い。

「昨日の夜、盗っ人が入ったんだ。おいら、泥棒が足跡でも残してるんじゃないかと思って、今まで探してたんだよ。大男だったりしたら、足跡が盗っ人を探す手掛かりになるんじゃねえかって――」

「えっ。なんだと。そんなことより、お嬢さんは、おき玖お嬢さんは大丈夫なのか？」

咄嗟《とっさ》に出たのはこの言葉だった。

「大事ないけど、すっかり、気を落としてるよ」

「お嬢さん」

季蔵は塩梅屋に駆け込んだ。

「季蔵さん」

おき玖は小上がりにぺたりと座り込んでいた。

「あ、あたしが悪いのよ。あたしが――」

おき玖が泣き崩れた。

「まずはこれを飲んで、落ち着いてください」

季蔵は白湯《さゆ》に砂糖を落とした湯呑《ゆの》みを渡した。

――ささやかな一膳飯屋《いちぜんめしや》からいったい何を盗むというのだろう？――

季蔵は念のため、厨《くりや》を調べたが、盗《と》られたものは何もなかった。

ごくごくと湯呑みの砂糖水を飲み終えたおき玖は、

「でも、やっぱり、あたしがいけないのよ。もう少しで出来上がる、離れの熟柿を盗まれてしまったんだもの。あたし、ぐっすり眠ってて、朝、仏壇に花を供えに行くまで、何も気がつかなくて――」

――なるほど、盗まれたのは熟柿だったのか――

「お嬢さんに何事もなくて何よりです。自分が悪いなんて思うことはありません」

気持ちを口にした。

「そうはいっても――。よりによって、熟柿を盗まれたのよ。あたしの馬鹿なおしゃべりのせいで――」

おき玖は目を伏せたまま、

「どうかしてたのよ。きっと、熟柿目当てにお金持ちや身分の高い人たちが、お使いの人を寄越してさんざん、頭を下げるんで、あたし、いい気になってたんだわね。調子に乗って、熟柿を作る場所は離れだなんて、しゃべっちゃって――」

声をくぐもらせた。

「それがかえってよかったのです」

「馬鹿を慰めてくれなくていいのよ」

「そうではありません。ここまで名が売れると、塩梅屋の熟柿を目当てに、盗みを働こうという盗っ人が出てきても不思議はありません。ただし、その場合、仕込んでいる熟柿の在処《ありか》がわからなければ、盗っ人はすぐには離れへと行かず、店中ひっくり返した挙げ句、お嬢さんが休んでいる二階に上がっていたかもしれないのです。今回はとっつぁんの熟柿が、愛娘《まなむすめ》であるお嬢さんに降りかかったかもしれない難を、肩代わりしてくれたのだと思います」

「おとっつぁんは怒ってなぞいないというのね」

「はい。もちろん」

「でも、あたし、謝らなければ気がすまないわ」

おき玖は季蔵に付き添われて勝手口を抜けると、離れに入り、仏壇に手を合わせた。

季蔵は開け放たれた戸口から見える猫の額ほどの庭を見ていた。

――たしかに三吉の言う通り、特徴のある足跡でもあれば、盗っ人探しの手掛かりになるのだが――

下駄の足跡が二人分あった。

足跡は盗っ人が垣根を越えて侵入し、熟柿の入った木箱を盗んでいったことを示していた。

「田端《たばた》様と松次《まつじ》親分が来てます。番屋へはおいらが使いを出したんだ」

三吉が告げた。

季蔵が見入っているのが足跡だとわかると、

「なるほど、盗っ人はここから入ったのかあ?」

三吉は、しげしげと足跡を見つめた。

「残念ながら、泥棒二人の足の大きさは、どちらも七寸六分(約二十三センチ)ほどだ。ありふれた大きさで、大男とはほど遠い。これではまず、手掛かりになどならないだろう」

季蔵は言い切り、

「田端様たちとはわたしが話しますので、お嬢さんはここでお休みになっていてください」

おき玖を案じつつ、店の勝手口へと向かった。

「とんだことだったねえ」

松次は四角い顔の金壺眼《かなつぼまなこ》を瞠《みは》った。

田端と松次はすでに店の床几に腰かけている。

「お役目ご苦労様でございます」

季蔵は膝《ひざ》を折って頭を下げると、松次には砂糖水の入った湯呑みを渡した。

「すみません、今日はばたばたしていて、甘酒の用意がないようで――」

田端や松次が訪れた際、甘酒や冷や酒を手際よく振る舞うのはおき玖の役目であった。

「かまわねえ、かまわねえ。それよか、大丈夫だったのかい、おき玖ちゃんは」

下戸の松次は濃いめの砂糖水を美味そうに啜《すす》った。

「大事はないようです」

「さらっと言ってくれるが、女の大事は命だけじゃないぜ。命より大事なものをどうにかされて身を投げる女だっている。あんた、わかってんだろうね」

松次に念を押されて、

「大事ありません」

季蔵は繰り返した。

「手掛かりはあるのか？」

田端は季蔵が渡した湯呑みの冷や酒をごくりと一気に飲み干した。田端は肴を摘むことなど滅多にない、飲むほどに顔が青くなる、無類の大酒飲みであった。

季蔵は中庭の足跡のことを告げた。

「泥棒は店やおき玖のいる二階を襲っていない？」

田端は綺麗に片付いている厨や座敷を見回した。

「ええ」

「手掛かりは無きに等しいというわけか」

「はい」

「では、どうやって盗っ人はこの店のお宝熟柿が離れにあると知ったのだろうな」

田端は季蔵の顔に目を据えて、

「隠し立ては許さぬぞ」

「申しわけございません」

季蔵はおき玖の悔いていた一件を話した。

「となると、おき玖を呼んで話を訊かねば。話した相手を悉《ことごと》く思い出してもらいたい」

田端は意気込んだが、

「それだけはお許しください。お嬢さんはこのところ、ずっと、熟柿について迂闊《うかつ》に洩らしたことを、後悔し続けていました。今、話を訊くのは責め立てるのと同じです。お嬢さんの大事は、松次親分のおっしゃるようなことだけではないのです。熟柿をほしいとおいでになった方々の名は、書き留めてありますので、それはお渡しします。ですから、どうかお嬢さんが落ち着くのを、今しばらく、待ってはいただけませんか？」

「旦那、お願いしますよ――」

松次も頭を下げた。

「わかった」

田端は渋い顔で応《こた》えると、季蔵が差し出した紙を懐《ふところ》に収め、松次を促して帰っていった。

しばらくすると、

「邪魔するよ」

喜平の声がして油障子が開いた。辰吉の顔も覗《のぞ》いた。

「えれえ目に遭ったよな」

「仕上がった文箱《ふばこ》を届けに行く途中、ここが熟柿泥棒に入られたって耳にしたんで、もう、気が気じゃなくなって、届け終わってすぐ、喜平さんに報《しら》せに行ったんです」

姿を見せなくなって久しい勝二も一緒だった。

「まあ、泥棒見舞いってことで、みんなでこいつを」

季蔵は喜平からまだ仄《ほの》かに温かい金鍔《きんつば》の包みを受け取った。

「ほんとは喜平さんはこんな時は、盗られた熟柿代わりだからって、ぱあーっと景気よく鰻《うなぎ》を届けようとしてたんですよ。辰吉さんは海老天《えびてん》を。でも、鰻や海老天じゃ、高すぎて、俺が払いきれない。俺もどうしても、見舞いの気持ちを伝えたかったんで、無理を言って金鍔二十個にしてもらったんです」

勝二は目を潤ませている。

「皆さん、ありがとうございます」

季蔵は胸が詰まった。

「座らせてもらってもいいかね。今日は昼寝する暇もなく駆け付けたんで、ちょいと疲れた」

喜平が小上がりを見遣《みや》った。

季蔵は三人のために茶を淹《い》れて、

「いただきもので申しわけないのですが――」

離れに行っておき玖に告げ、仏壇に供えた。改めて手を合わせた後、金鍔は一個を残して他は下げた。

厨に戻って、決して焦がさぬよう、七輪の火でさっと炙《あぶ》り直していく。

「召し上がる度《たび》に温めます」

「そりゃあいい。ちょうど小腹が空《す》いてきてたところだ」

喜平はうんと頷き、

「金鍔屋より気が利いてる」

辰吉は目を細めて、

「こんなに美味い金鍔、初めてですよ。いつだって、買う時にはほかほかで粒餡《つぶあん》がはち切れそうでも、食べる時には冷めちまってて、粒餡も萎《しぼ》んじまってるんだから」

勝二は無邪気に喜んだ。

四

「このままじゃ、見舞いに来たっていうのに、こうして残らずわしたちが食っちまう。だから、さあ、季蔵さんも一つ。おき玖ちゃんにも勧めてくれ」

喜平に促されて、季蔵は熱い金鍔を皿に載せ、離れに運んだ。

その後、炙りたての金鍔に息を吹きかけながら口に運んで、

「人の情けが身にしみる、有り難い甘さです」

季蔵は目頭が熱くなった。

「情けの甘さといやあ、太郎兵衛長屋行きだった、熟柿の極上の甘さを盗っ人に運ばせた、どっかのお大尽が今頃、舌鼓《したつづみ》を打ってるんだろうな」

喜平がふと洩らすと、

「盗まれるくらいだったら食わせてもらいたかったな」

辰吉は思わず口走ってしまい、

「その言い草はないよ、あんた」

喜平に小言を言われて、

「そもそも、ご隠居が熟柿なんぞの話をするから悪いんだ。ご隠居だって、常々、食ってみたいと言ってたじゃないか」

開き直ったものの、雰囲気はやや険悪になった。

そこを勝二が、

「これだけ熟柿の名が知れると、食いたくないなんていう奴は、よほどの柿嫌いだろうと思います。市中の人たちはご隠居、辰吉さんに限らず、みんなここの熟柿に憧《あこが》れているんですよ。もちろん俺だって一度は食ってみたいです」

上手《うま》く取りなし、

「うーん、季蔵さん、長次郎さんはとんだ罪作りを遺《のこ》したもんだね」

喜平がまとめたところへ、

「何もかもあたしが悪いっていうのに、心配して駆け付けてくれた上、お見舞いまでいただいて――」

勝手口からそろりと入ってきたおき玖が、まだ赤みが戻らない憔悴《しょうすい》した顔で、いきなり土間に両手をついて頭を下げた。

「他人行儀が過ぎるぜ、おき玖ちゃん」

「そんなことをされたら、あの世で長次郎さんに叱《しか》られちまう」

辰吉と喜平は共にあわて、

「お願いします、頭を上げてください」

勝二は泣くような声を出した。

この後、三人はしんと大人《おとな》しくなってしまい、

「少しは金鍔好きの下働きに残しておいてやらないと」

喜平は立ち上がり、二人も続いて帰って行った。

帰り際に辰吉が、

「さっきの話、おき玖ちゃんに聞こえちまってたんじゃねえかって、気になってるんだが。俺はしばらく熟柿のずの字も口にしねえつもりだから、よろしく、取りなしといてくれや」

季蔵の耳に口を寄せた。

二人になると、

「せっかくだから、あたし、三吉ちゃんと一緒に金鍔をいただくことにする。季蔵さんも

どう？」

　おき玖は意外に落ち着いた口調で、離れから持ってきた金鍔の載った皿を季蔵に渡すと、茶を淹れ始めた。

「わたしはさっきいただきました。さて金鍔を炙りましょうか」

「お願い。三吉ちゃんを呼んでくるわ。さっき、思いついたことがあるって出て行ったけど、すぐに帰るって言ってたから」

　おき玖は三吉の名を呼びながら、勝手口から出ようとすると、

「季蔵さん、お嬢さん」

　油障子の向こうで三吉の声がした。

「開けて、開けて」

「今開けるから」

　開けたとたん、季蔵とおき玖はあっと叫んだ。

　三吉が持っていたのは、美濃柿の詰まった木箱を保温するために、くるんで使ってきた離れの座布団数枚だった。

　当然、新しかった時もあったのだろうが、季蔵の知る限り、布が擦り切れてところどころ綿がはみ出ている襤褸《ぼろ》同然の座布団である。

「おいら、役に立たねえ足跡のほかに、何か手掛かりはねえかって、その辺を探してたんだ。そしたら、これが青物町にある空き家脇の茂みの中に捨てられてたんだ。誰かに拾わ

れる前でよかったよ」

興奮気味の三吉は顔を真っ赤にしている。

「見つかったのはこれだけなのね」

おき玖は再び青ざめて念を押した。

「うん」

「だとしたら——」

おき玖は歪《ゆが》みかけた顔を季蔵に向けて、

「盗まれてしまって、どこにあるかはわからないけど、今年の熟柿は上手くできない、間違いなく——」

両目から溢《あふ》れ出した涙の線がすーっと頬《ほお》を濡《ぬ》らした。

「可哀想《かわいそう》に、熟柿になる前に腐って死んでしまう——」

呆然《ぼうぜん》としつつなおも呟いた。

塩梅屋の熟柿の秘伝は、裏庭の美濃柿の実で作り上げることに加えて、保温は襤褸同然の座布団を使い、離れの座敷に放置することに尽きる。

「おとっつぁんたらね、試しに損料屋から新しい座布団を借りてきて、使ってみたことがあったけど、どういうわけか、上手くいかなかったの。次の年、いつも通りにしたら美味しくできて、〝くわばら、くわばら、襤褸座布団を捨てたり、打ち直したりしなくってよかった。この襤褸には熟柿の神様がおわすのかもしれねえな〟って、おとっつぁん、しみじみ言ってたのよ」

「ともあれ、離れの座布団を取り返すことができてよかったです」

　季蔵の言葉に、

「でも、もう、今年は作り直すことなんてできない。柿の木は一本だけだから。でも、市中では、たいていどこの家でも、柿を植えていて、熟した実の使い途《みち》に困ってるところもある。持て余してる人に譲ってもらって作るのはどうかしら？」

　おき玖は真顔で応えた。

「お気持ちはわかりますが、熟柿は美濃柿でないと」

　先代長次郎の書き遺した日記には、熟柿は美濃柿に限ると書かれていた。

「熟柿でなければ大丈夫のはずよ」

「お嬢さん」

　思わず季蔵はおき玖の顔を凝視した。

「さっきの喜平さんたちの話、実は立ち聞きしてしまっていたの。勝手口に立った時、ちょうど辰吉さんの声が聞こえて――」

「あれは何気なくおっしゃったことです」

「わかってる。だけど本音でしょ。聞いてて、あたし、こんな時、おとっつぁんが生きてたら、どうするだろうかって考えてみたのよ。おとっつぁんが生きてる頃は、太郎兵衛長屋に届ける熟柿のことなんて、長屋の人以外、誰も知らなかった。こうなった今、おとっつぁんが生きてたとして、太郎兵衛長屋のお年寄りたちへの思い入れのためだけに、身内同然に親しくしてて、ご贔屓《ひいき》にしてくれてるお客さんたちにこんなことを言わせとくだろうかって」

見つめたおき玖は季蔵に応えをもとめた。

「すっぱり熟柿作りを止《や》めてしまいましょうか――」

季蔵はおき玖の顔に書いてある期待を言い当てた。

「菴摩羅果などともてはやされ、押しかけてきて金を積む人たちに、お嬢さんがてんてこ舞いしなくても済む、沢山の人が気楽に味わって楽しめる、美味しい干し柿を作ろうとするのではないかと――」

「そうよね」

うれしそうに大きく頷いたおき玖は、

「だから、早速《さっそく》、干し柿を仕込んでみようと思ってるの。手伝ってくれるわよね、季蔵さん」

「もちろんです。ただし、それも結構むずかしいことです。熟柿で鳴らした塩梅屋の干し柿となると、市中の人たちが、そこらの柿の実で何気なく作ったものと一緒というわけにはいきません」

季蔵はかつて生家で口にしていた、果肉の旨味は凝縮しているものの、固く黒い干し柿の舌触りを思い出していた。

――あれではまず駄目だ――

「たしかに、こんな程度のものかと誹《そし》られては、おとっつぁんに顔向けできないわね」

「その通りです」

「熟柿同様、やっぱり、柿の実の質次第ってことかしら？」

「でしょう」

「だとしたら、これ、何かの役に立つかも――」

　おき玖は帯の間から守り袋を取り出した。

五

「おとっつぁんね、もしも自分とはぐれて食べ物に困るようなことがあったらって。小さかったあたしに市中の柿地図を描《か》いて、名と一緒に守り袋に畳んで入れてくれたのよ。ずっとそのままになってて――」

　おき玖は古びた紙切れを開いた。

　江戸市中の地図の上に柿色の朱が入っている。

「これ全部、渋柿が植えられてる場所。おとっつぁん、よく調べたわね」

　感慨深げに柿色を目で追った。

　柿は救荒作物の一種であり、家々の庭先に植えることが奨励されていて、種類は甘柿、渋柿の二種類に分けられる。

渋柿を渋抜きして干すと、長く保存できる干し柿を作ることができる。甘柿は、そもそも渋柿ほど糖度が高くないので、美味しい干し柿にはならず、もいで生食するのが普通であった。

「渋柿のなってる近くの家じゃ、干し柿を作ってて、分けてくれるかもしれないって、おとっつぁん、言ってたけど、どこでも、秋に作って、黴《かび》の生えない梅雨《つゆ》前までに食べきるはずだから、夏に何かあったら駄目よね。あたし、子どもだったから、〝よし、これで飢え死にしねえぞ、おき玖〟っていう、おとっつぁんの笑い顔を信じたけど――。青物の多い夏場は、干し柿にすがらなくても何とかなると思ったのかしら？」

おき玖はなつかしそうに話し続けて、はっと気がつき、

「でも、これにはどこの渋柿が逸品なのかまでは書いてないわね」

本題に戻った。

「離れの納戸を探してみます。きっと、とっつぁんは干し柿について、何か、遺しているような気がしますので」

季蔵が早速、勝手口を出ようとして、

「おいらの手掛かり、役に立たなかったのかな」

しょんぼりと肩を落として、小上がりに積んだ座布団を見つめている三吉に気がついた。

「そんなことはない」

季蔵は力強く励まして、

——今なら大丈夫だろう——

「お嬢さん、一つ、お訊《たず》ねしたいことがあるのです」

「なあに？」

「熟柿が欲しいと訪れる方々に話されたことで——よろしいですか？」

「ええ」

さすがにおき玖は少々眉根を寄せた。

「あの座布団も秘伝のうちだと話されましたか？」

おき玖はしかめ面で小さく頷いた。

「毎度得意げに話してたと思うわ。あたし、ほんとに馬鹿よね」

おき玖はまたしても、自棄的に大きく顔を顰《しか》めたが、

「そんなことはありません」

三吉に言ったのと同じ言葉を残して、季蔵は離れに入った。

——だとすると、お嬢さんの話を聞いた人たちの口から、広く市中に座布団も秘伝のうちだということが伝わっているはずだ。熟柿を狙って盗み、高く売りさばくのが目的ならば、その座布団を捨てるはずもない。しかし、熟柿狙いでないとすると、いったい真の目的は何だというのだろう？——

季蔵は慄然《りつぜん》として、離れの戸を閉めると、納戸の中を探すより前に北町奉行烏谷椋《からすだにりょう》十郎《じゅうろう》に宛《あ》てて、文をしたためた。

熟柿盗っ人の一件はすでにお聞き及びのことと思います。ついては急を要するお話がございますので、お運び下さるようお願い申し上げます。

季蔵

北町奉行烏谷椋十郎様

この文と入れ違いに、烏谷から以下のような文が届いた。

どうにもかど飯が恋しくてならぬゆえ、先に秋刀魚《さんま》を届けることにする。夕餉《ゆうげ》のかど飯もまたオツなものであろう。

烏谷椋十郎

――これは大変だ――

「今宵、お奉行様がおいでになるとのことです」

季蔵は探し物を後にして、烏谷が届けてくる秋刀魚を待った。

届いた脂のよく乗った秋刀魚を見つめたおき玖は、

「有り難いお見舞いだけど、秋刀魚にしてはよく肥えてて、目も大きい。まるであのお奉行様みたい」

くすっと笑って、すでに常らしさを取り戻していた。

巨漢の烏谷は大きなどんぐり眼の丸い童顔の持ち主で、季蔵とは先代長次郎がこの世を去ってからの縁であった。

一人娘のおき玖も知らない長次郎の裏の顔は、烏谷に仕える隠れ者だったのである。長次郎に代わって塩梅屋を仕切ることとなった季蔵は行き掛かり上、元主の裏の顔をも継ぐことになった。

隠れ者の役目は、定町廻《じょうまちまわ》りや岡《おか》っ引《ぴ》き同様、市中に巣くう悪の探索が主であったが、町方が踏み込めない武家や寺社の調べをも密《ひそ》かに命じられ、御定法《ごじょうほう》で罰することができない悪人に死の制裁を加えることもある。

――行状が明るみに出れば、首を刎ねられる。いや、その前に余計なことをしゃべらぬよう口を塞がれるだろう――

陽気に見せている烏谷は、わははと豪快に笑うことが多いが、目は笑っていない。

――どんな時でも奉行の立場での決断をなさる、冷徹な気性のお方だ。もちろん、非情な政《まつりごと》の駆け引きもよく心得ていらっしゃる――

烏谷は昔馴染んだ元芸者で、今は長唄師匠のお涼《りょう》に、季蔵の元許嫁で心を病んで久しい瑠璃の世話を任せている。

――あれはわたしが隠れ者の役目を継いだ褒美だったのか、はたまた、最愛の瑠璃さえ押さえておけば、わたしを自在に操れると思っているのか――

それゆえ、烏谷は季蔵にとって、切っても切れない相手であると同時に、片時も油断がならないのであった。

おき玖はすでに、醬油《しょうゆ》と酒、生姜《しょうが》汁で調味した飯を仕掛けていた。そろそろ釜《かま》の蓋《ふた》が持ち上がりかけていて、醬油風味の汁がこぼれ、香ばしい香りが立ち上っている。

三吉に大根を下ろすように言いつけ、裏庭に出た季蔵は塩を一ふりした秋刀魚を七輪で焼き始めた。

秋刀魚飯をかど飯と称するのは、秋刀魚が脂分の強い魚だからである。

もうもうと紫色の焼き煙が上がって、家中に籠《こ》もるのはたまらないので、秋刀魚は家の外へ七輪を持ち出して焼くことになる。

庭のある家はともかく、長屋では家の外とはまさに門口、油障子の引き戸の前ということになり、かど飯の由来となった。

炊きあがった飯の上に焼きたての秋刀魚を載せて、皮ごと、骨から身をほぐしていく。こんがり焼けた皮はなかなかの旨味なので、皮も一緒に混ぜる。

「いつも思うけど、これ、こんなに美味しいのに恐ろしく簡単なのよね」

味見をしたおき玖はため息をついた。

「おいらの大根おろし、薬味にするんだよね。それにしてもどっさりだな」

首をかしげた三吉はどんぶり一杯の大根おろしを仕上げている。

「それ、これと関《かか》わってるんじゃない？」

おき玖は季蔵に頼まれて、米を醤油や酒等の味を付けずに水加減してある、小さな釜の蓋を取った。

「お奉行様がおいでになってしばらくしてから、炊きあがるようにってことだったから、竈《かまど》にかけるのは、お奉行様のお顔を見てからだけど」

「変わりかど飯を考えてみました」

応えた季蔵は、

「三吉、たっぷりと出汁《だし》を取っておいてくれ」

裏庭に戻って残しておいた秋刀魚を焼き始めた。

烏谷は暮れ六ツの鐘が鳴り止まぬうちに塩梅屋を訪れた。

店に顔を覗かせて、

「達者でよかった。そちに何かあったら、あの世に行った時、長次郎が門を閉めて入れてはくれぬだろう。これ以上、長次郎に恨まれてはかなわない」

おき玖への言葉は切々としていて、喜平と似た物言いだったが、長次郎の死はお役目ゆえと考えられないこともなく、何とも最後の一言が重かった。

「こちらへ」

季蔵はいつものように離れへと案内する。

美食家の烏谷は食通を装って訪れてはいるが、目的が料理だけだったことは数少なく、たいていは季蔵に指図を与えるのが真の目的であった。

そうとわかっているからこそ、烏谷には料理で唸《うな》らせたいと、かねがね思っていた。

烏谷が美食家であることは間違いなく、一矢報いることができれば、相手の有無を言わせぬ強引な指図に対して、たとえ言葉では従うしかなくても、心では跳ね返すことができるような気がするのだ。

六

かど飯のおかわりをせがみ続けて、変わらぬ健啖《けんたん》ぶりを示した烏谷は、

「食った、食った、よう食った」

突き出た太鼓腹をぽんと叩いた。

まずは腹を満たしてから本題に入るのが烏谷流である。

そこで季蔵は、

「少し、お待ちを」

大根おろしと出汁等を使った、変わりかど飯を拵えることにした。

「ご飯、炊きあがりましたよ」

おき玖が炊きたての白米を釜ごと持ってきた。

季蔵は離れに持ち込んだ七輪に鍋をのせた。

変わりかど飯はまず、大根おろしを出汁に加えて、煮立つ寸前まで温めた雪出汁を作る。これを丼《どんぶり》によそったあつあつの白飯の上にかけ、焼いて醬油と酢橘《すだち》の絞り汁をよく染みこませておいた秋刀魚の身を添えて供す。

「ほう」

烏谷は目を丸くして、

「秋刀魚は焼き置いておいたものだろう。それに醬油までかかっている。焼きたてでない秋刀魚が美味いとは思えぬのに、堂々と添えたのは何か魂胆がありそうだ」

季蔵を見据えた。

「騙《だま》されたと思って、この秋刀魚の身をむしって、雪出汁をかけた飯と合わせて召し上がってみてください」

「うむ、よほどの自信よな」

烏谷は一度置いた箸を取って皿の秋刀魚へと伸ばした。

「ふーっ」

嫌で仕様がないという様子で秋刀魚の身をむしり取り、皮を除《の》けようとする。

「皮が一緒の方が美味しいはずです」

「冷めた秋刀魚は臭みが出ている」

「たしかに。しかし、雪出汁独特の風味と熱さと出会って頃合いがよくなるのです」

「ふーん」

半信半疑のまま、烏谷は皮ごとむしった秋刀魚の身を、丼の上に置いて、おっかなびっくり、箸で雪出汁と合わせてある飯と一緒にずずっと口に入れた。

「あっ」

烏谷は小さく叫ぶと、

「美味い‼」

大声を出した。

猛然と変わりかど飯を平らげていく。

「もう一杯」

烏谷は三杯、飯を掻《か》き込んだ後、

「冷めた秋刀魚など出しおって、わしを馬鹿にしてるのかと腹立たしかったが違った。焼いてしばし醤油と酢橘を染ませた秋刀魚は、秋刀魚の極上佃煮《つくだに》とでも言いたくなるような絶品だ。褒めて遣わす」

「ありがとうございます」

季蔵は静かに頭を垂れた。

秋刀魚は酒、砂糖、醤油、生姜を合わせた煮汁でさっと煮付けるだけではなく、酢を少量加えて骨まで柔らかく、佃煮のように煮ても味が染みて美味しいが、これだと身の風味や舌触りが失われて秋刀魚の旨味が半減してしまう。

それで考えついたのが焼き秋刀魚に、醤油と酢橘を染みこませるやり方だった。これだと風味が保たれるだけではなく、醬油や酢橘が秋刀魚ならではの濃厚な旨味を引き立ててくれる。

「それにしても、秋刀魚と醬油はよい相性よな。醬油だけだとくどくなりがちだが、そこは大根おろしと酢橘に助けられている。秋刀魚の臭みを消してくれるだけではなく、さっぱりと食べられて、食べ過ぎ、飲み過ぎの五臓六腑《ぷ》が清められるようだ。これは酒の後にもいいな。どうだ？　この変わりかど飯を店でも出しては？」

　塩梅屋のかど飯は先代の頃から、客には出さない、昼の賄い料理だったのが、賄い振舞いで口にした贔屓《ひいき》の客たちが、また食いたい、食いたいと長次郎にせがんだので、この時季、昼に作って、訪れた常連客たちの胃の腑を満たしていた。

　季蔵が塩梅屋を継いでからも、かど飯が店の品書きに並ぶようなことはない。

　醬油と酒で炊きあげた艶《つや》やかな褐色の飯に、焼きたての秋刀魚の身を混ぜ込んだかど飯を、

「そもそも美味すぎて、味が濃いから、腹いっぱい食っちまいたくなる上、酒には合わねえんだよ。働いてる者が昼時にちょいとこいつを掻き込むのがいいんだ。よく働いたせいか、今日は馬鹿に昼飯が美味い。よし、また頑張ろうってえ、賄い幸せ――それでいいんだよ、かど飯ってやつは――」

　と長次郎が言っていたからである。

――かど飯にはとっつぁんの想いが詰まっている――

「どうだ？」

なおも応えを促す烏谷に、

「秋刀魚漁もあと少しで終わりです。来年、秋刀魚の時季が来たら考えてみます」

もとより、季蔵にはたとえ変わりかど飯であっても、かど飯を品書きに加える気はなかった。

「そうか」

あっさりと引き下がったように見えた烏谷だったが、

「わしも変わりかど飯を思いついたぞ。雪出汁の代わりに茶の極上品、玉露を使う。茶の香りとも、醬油と酢橘の染みた秋刀魚は合うはずだ。手間がかからず、腹具合によっては、どろどろした雪出汁よりも都合よく喉《のど》を通るような気がする」

睨むように季蔵を見た。

――とっくにお奉行様は今日のわたしの意気込みに気づいておられる――

「大変結構な思いつきですが、秋刀魚には菓子によく合う玉露ではなく、煎茶《せんちゃ》の方がさっぱりとした味わいになるかと思います。さらに安価な番茶も試したいところです」

季蔵は顔色一つ変えずに相手の挑戦を躱《かわ》して、

「茶を淹れました。秋刀魚を食べた後には欠かせない番茶です」

番茶の香ばしい香りを湯呑みに移した。

――勝負はこれからだぞ――

番茶を啜り終えた烏谷は大きく目を瞠った。

——わかっております——

季蔵も目で応える。

「ところで、熟柿が盗まれたと聞き、田端たちをここへ寄越したのと同時に、他の者たちを太郎兵衛長屋にやって、一人残らず、厳しく問い糺《ただ》した」

「あそこの皆さんにそんなことを——」

咄嗟に季蔵は眉を寄せていた。

——お上の調べが降ってくるとは、お年寄りの身には心労がすぎる——

「そちは行き過ぎと思うているようだな」

季蔵は頷く代わりに目を伏せた。

「ここの熟柿について、〝市中美食案内〟に役者や金持ち等の話が載っていることは知っておる。食べたと称する人の数が、去年、太郎兵衛長屋に配った数とぴったり一致することもな。世間では皆、太郎兵衛長屋の年寄りたちが、熟柿を金に換えたいと考え、誰かに売り渡したと噂しておる」

——喜平さんまでそう思い込んでいた——

「残念ながらそのようです」

季蔵は目を上げた。

「なぜ、残念だと思うのだ？　年寄りたちが、美味を堪能する一時よりも、身体の痛みを和らげてくれる薬や按摩《あんま》、粗末で少しも美味くはないが、食わないわけにはいかない日々の米や菜、何より、払え払えとせっつかれる長屋の店賃等の方を、優先したくなっても不思議はないのだぞ。これを誰が責めたり、残念だと言えるのか？」

「それはよくわかりますが、太郎兵衛長屋の人数分だけ作って、外へは決して売らなかった熟柿には金に換えられないとっつぁんの想いがこもっていたはずです。それが今、踏みにじられたような気がしています。生きていたら、たぶん、〝そうか、それも仕様がねえな〟と笑ってやり過ごしたでしょうが——」

これに限っては季蔵は思っていることを率直に口にした。

すると烏谷は、

「案じるな」

にやりと笑って、

「太郎兵衛長屋の連中も一人残らず、長次郎の名を挙げて、そちと同じことを言いおった。皆、涙をこぼしながら、長次郎の想いに背くことだけは死んでもできぬとな」

「それでは〝市中美食案内〟に書かれていたことは嘘だったと？」

季蔵は啞然《あぜん》とした。

「そうだ。年寄りたちを取り調べた後、版元の小野屋《おのや》を調べさせたがすでに夜逃げしていていなかった。小野屋は金に困っていたところへ、どこぞから、まとまった金を投げられて、このような阿漕《あこぎ》な仕事をしたのだ。わしが命じ、奉行所総出で案内に名前のあった連中を当たった。誰もが、常日頃から、どんなに大金を積んでも、評判の熟柿を食べたいと思っていたそうだ。中には毎年、ここまで使いの者を走らせて頼んでいる者もいたが、食べたというのは根も葉もないことだと口を揃えた」

「誰が何のためにこんな嘘――」

絶句した季蔵に、

「さぞかしそちは、あれから月日が無事に過ぎていてよいと思っていたであろうな」

烏谷は気になる物言いをした。

――実は熟柿が盗まれたと聞かされた時から、すでに心は青ざめていた――

七

「はい。今年は暑い夏の盛りの陽炎《かげろう》に不吉な予兆を感じて以来、いつもなら心地よく感じる涼風にさえも刺客の気配を疑いました。しかし幸いにも、何事もなく寒さが近い、このごろまで過ぎ、実はほっと安堵していたのです」

季蔵は身構える表情になった。

「わしは米沢屋の婿そで吉《きち》殺しがどうしても腑に落ちぬのだ」

八重乃の夫でお美津の父親米沢屋征左衛門《せいざえもん》が、妖艶《ようえん》な長唄の師匠お連《れん》を婿のそで吉と奪い合った挙げ句に殺したのは、自害した征左衛門の様子から間違いなかった。

「頑人《がんにん》坊主の彦一《ひこいち》が、その様を偶然見て、下賜された金の宝船を寄越せと、征左衛門を脅したのではなく、前もって知っていて、殺しを見届けていたというのでしたね」

烏谷は弘吉が自分たちを守るために、雇われたごろつきの刺客たちを罠《わな》に嵌めて殺し、平助が骸《むくろ》を捨てるのを手伝って、河童の祟りのように見せかけた事実を知らないはずだった。

「仕掛けはもう一つあったのではないかと思う。〝都合の悪い相手の殺しを手伝います〟と、征左衛門に持ちかけ、その助っ人がそで吉殺しに関わっていたのだとしたら、ごろつきたちが骸になっていた二件同様、胡瓜を手にさせ、身体に河童の画《え》を描いたことも頷けるのだ。征左衛門一人で、そで吉殺しを一連の河童の天誅《てんちゅう》に見せかけるために、二人も多く手に掛けたとは思えない。殺しを生業《なりわい》にでもしていない限り、素人《しろうと》の征左衛門にここまでの細工はできぬはずだ」

ぎろりと剝《む》かれた大きな目が向けられると、心の奥を見透かされているようで、季蔵は内心たじろいだ。

——だが、まだお奉行様は三件とも征左衛門と助っ人の仕業と思ってくださっている

「助っ人は彦一だったのかもしれません」

方便でこそなかったが、季蔵はなるべく胡瓜や河童画から話を離したかった。

「そうも考えられるが、どこの誰がどうやってそんな大仕掛けをしたのか、皆目、見当がつかない。出来ることなら、彦一に聞き糺したいところよ」

烏谷は苦虫を噛み潰したような顔になった。

彦一は、お連の手練手管に乗せられて墓荒しを手伝った挙げ句、思い詰めた征左衛門に殺されてしまっていた。

この後、欲深なお連も自害を装わせられて何者かに殺された。そして、当日、お連に市中の評判になっていた鮎《あゆ》姫めしを届けた季蔵は、冷酷無比な下手人にその存在を知られてしまったのである。

――あれからお奉行様はこの仕掛けについて、何も手掛かりを得てはおられぬのだ――

夜半の風が強くなってきて、がたぴしと障子が揺れる音がした。

首筋のあたりが寒くなってきた季蔵は、

「熟柿が盗まれたのも、あの時の鮎姫めしと関わりあってのことだとおっしゃるのですね」

喉のあたりが乾いてひりついた声を出した。

「相手がまるで見えず、手も足も出ぬこのままでは先手、先手を取られるだけゆえ、そうでないことを祈るばかりだ」

立ち上がって背を向けた烏谷に、

「瑠璃をよろしくお願いいたします」

季蔵は深く頭を垂れた。

――あのように無力を嘆くお奉行様を久々に見た――

自分の心にも無力感が棲《す》みついては敵わないと、季蔵は長次郎が遺したかもしれない、あま干し柿の作り方が記されたものを探し始めた。

——わたしは料理人だ。何があっても、日々、料理人として生きよう——

朝までかかって、離れの納戸を調べたが、作り方を記したものを見つけることができなかった。季蔵は仕方なくおき玖が渡してくれた守り袋の中身、市中柿地図をじっと見た。

——どこぞの家で美味いあま干し柿の作り方を教えてはくれぬものか？——

やみくもに柿地図を目で追っていくうちに、

——おやっ——

見知った家の名に気づいた。

早速、季蔵がその家の主に向けて文を出すと、主からは明日の朝にでも立ち寄ってほしいとの返事が届いた。

「お約束をさせていただいていた塩梅屋でございます」

季蔵が玄関に入り、声を掛けると、

「入ってくれ」

伊沢《いざわ》蔵之進《くらのしん》の声が縁側の方から聞こえた。

「お邪魔いたします」

季蔵は縁先にまわった。途中、見事な実をつけている禅寺《ぜんじ》丸《まる》柿の大木に見惚《みと》れて立ち止まる。

「滋味豊かなものと聞いて、このところ三度の食を柿にしている。それでも、独り暮らしでは持て余す量なので、そろそろ、今年もおまえさんのところへ運ぼうかと思っていたところ、熟柿が盗まれたと知って、嫌みな見舞いになってはまずいと思い、見合わせているところだった」

そう話した蔵之進はするすると柿の木に登ると、一つもいで季蔵に投げた。

「さっき食べたばかりだが、おまえさんの顔を見たら、また食べてもいいなという気がしてきたぞ」

自分の分も投げると、ずるっと下がって飛び降りた。

蔵之進は南町奉行所の筆頭与力を務めていた伊沢真右衛門《しんえもん》の養子となって、伊沢家を継いでいる。

養父の伊沢真右衛門は、北町奉行烏谷椋十郎と道場仲間であり、徹底して悪を憎んで人を憎まぬ、与力の鑑《かがみ》と称された人物で、最期は自分が捕らえた罪人の娘に刺されたが、自害のように見せかけて娘を庇《かば》った。

同心職にあった蔵之進は、養子になった今も定町廻り同心を続けている。

養父に鍛えられただけあって、鋭い観察眼と骨惜しみしない丹念な調べで、烏谷の目に止まり、このところ、南北の奉行所は共に力を合わせるべしという声掛けもあって、しばしば季蔵は事件に関わって蔵之進と顔を合わすことがあった。

ただし、いつも蔵之進の意表を突いたやり方には驚かされる。

蔵之進は、お連の行状を嗅《か》ぎつけ、物乞《ものご》いに化けてお連の家の塵漁《ごみあさ》りをして、動かぬ悪事の証《あかし》を見つけ出していたのである。

「そういえば、あの時以来であったな」

蔵之進はがぶりとよく熟れた甘柿にかぶりついた。

「そうでした」

「あれから大事ないか?」

蔵之進は、お連の死に様を季蔵と一緒に見届けている。鮎姫めしに下手人が気づいたことも知っていた。

「幸いにも今日までは——」

季蔵も甘柿を賞味することにした。一口齧《かじ》ると、甘みと香気がたっぷりとした汁になって口中を満たす。

——これには青空がよく似合うな——

思わず空を見上げた。

一方、蔵之進は、

「熟柿が盗まれた以上、よいとは言えぬな。人の出入り、客の話の端々、迫り来る危機に気づくべきところを、うっかり、やり過ごしていたのではないか?」

辛辣《しんらつ》な物言いをしたかと思うと、すぐに、

「季蔵、おまえさんに限って、あり得ぬか――」

目を細めてふわふわと笑い、

「でも、まあ、塩梅屋はおまえさん一人で商っているわけではないし――」

――おそらく、このお方はどこからか聞いて、ここのところのお嬢さんの失言まで御存じなのだろう――

「そちらは何か――」

咄嗟に季蔵が相手を探る言葉を口にしてしまうと、

「さーてね」

蔵之進はまだ笑いの面をつけたまま、

「こちらもそれなりに動いておる。まあまあ、そのうちに――」

曖昧《あいまい》に応えを濁すと、

「用件はうちの渋柿のことだったな」

裏庭へ向かって歩き出した。

季蔵も従って裏庭に足を踏み入れたが、柿の木は見当たらなかった。

「先代とやらが柿地図を描いた頃には、おそらくここにあったのだろう。うちには甘柿と渋柿が一本ずつあって、俺の幼い思い出では渋柿の方がよく実った。ところが、俺は柿の木に登りさえすれば、てっとり早く、腹に入れることのできる甘柿が好きだった。渋抜きをして干し続け、何日も待って、やっと食べることのできる渋柿などにはとんと興味がなかった。養父《ちち》に〝うちには甘柿さえあればいい〟と言ったのを覚えている。男手だけだったこともあって、いつしか、渋柿は取り入れて干されることもなくなり、梅雨が長くて虫が湧《わ》いた年に葉が枯れ、幹が腐ってきたので、養父の手でこの柿の木は伐《き》られた」

蔵之進は僅《わず》かに残っている切り株を指さして、

「これも養父との思い出の一つなので、いつか、芽を吹いてはくれぬものかと淡い期待を寄せている。だから、根を掘ることは出来ずにいる」

しんみりとした口調になった後、

「うちの渋柿はこんななので当てが外れたろうが、おまえさんが文に書いてきた、美味いあま干し柿の作り方を書いた日記なら、養父の亡妻が書き遺したのが書架にある。妻は近所で評判のあま干し柿作り名人だったと、養父が自慢していた。勘所がむずかしいのだそうで、養父があま干し柿作りを諦《あきら》めたのも、俺が甘柿好きだったからだけではなく、妻のようにはとても作れぬと、兜《かぶと》を脱いでいたからかもしれない」

淡々と続けた。

蔵之進の養父伊沢真右衛門は大がかりな抜け荷を追っていて、敵側から度重なる恐喝を受けたが、決して詮議《せんぎ》の手を緩めず、最後には妻子を惨殺されてしまったという、苦渋に満ちた過去の持ち主だった。

「俺にあま干し柿作りを手伝わせてくれぬか。向かいには三本も渋柿があって、実のつきもいいから、頼めば譲ってくれる。このあたりは土が一緒だから、あま干し柿になった味は悪くないはずだ。妻女が子たちのためにと作ったに違いないあま干し柿を、養父の仏前に供えて、普段怠けている供養の一つもしたくなった」

蔵之進の声は心なしか湿っていた。

第二話　秋すっぽん

一

故人の遺《のこ》した あま干し柿《がき》の作り方が書かれた日記は、すぐに見つかり、蔵之進《くらのしん》が話をつけてくれたので、向かいの家の渋柿を入手することも叶《かな》った。

奉行所役人たちの組屋敷の東南に位置する、伊沢《いざわ》家の屋敷の南側には道を挟んで町家が並んでいた。その一軒には一組の年寄り夫婦が住んでいた。

話を聞いた老爺《ろうや》は、

「このところ、毎年、実った柿の全部をあま干し柿にできずにいました。鳥たちがついばみに来てくれても、なお、枝に残っている柿がやがて、腐って落ちていくのが忍びがたかったのです。せっかくここまでになった柿の実が哀れですし、いろいろ思い出すこともございます。それに何より、勿体《もったい》なくて——。お代なんぞとんでもない。あま干し柿に出来上がったら、幾つか食べさせてくださ い」

目を瞬《しばた》かせ、

「でも、固いのは困りますよ。市中でやんやと噂《うわさ》になっている熟柿《ずくし》のような、とびきり甘くて柔らかいのでないと、あたしはもう食べられないんですから――」

やや惚《ぼ》けてきている様子の老婆は歯が一本もない口を開けて笑いかけた。

季蔵《としぞう》は蔵之進と共に、柿の収穫に励み、

「好きなだけもいでいってください」

地上で見守る主《あるじ》の老爺に促されて、大きな籠《かご》、七籠分を蔵之進の家の縁側に並べることができた。

「ところで、お願いがあります」

「籠が足りぬのか？　まだ取るつもりか？」

先走りで呆《あき》れ返る蔵之進に、

「もう充分です。お願いはここであま干し柿作りをさせてはいただけないものかと――」

「これから、塩梅屋《あんばいや》へ運ぶのだとばかり思っていた」

「これだけの柿を店に運んで仕込むのでは場所が足りません」

「たしかに熟柿は、離れにある木箱一個分に納まって作られるゆえ、邪魔にならぬが、一《いち》膳飯屋《ぜんめしや》の庭や軒下、そこかしこにあま干し柿が吊《つる》されていたら、客たちは塩梅屋はいつからあま干し柿屋になったのかと興ざめするだろう。そもそもあま干し柿は手がかかるが、金のかからぬ甘味ゆえ、柿の木があって子どものいる家ではどこでも拵《こしら》える。たまには女房子どもの顔を見ずに、美味《うま》い肴《さかな》で粋《いき》な酒を飲みたいという、客たちの風流の夢も壊してしまう――」

――蔵之進様は咄嗟《とつさ》に計算ができる、損得の達人だ。敵には決して回したくない御仁だ
季蔵は舌を巻き、

「そこまでのことを考えたわけではありません」

苦笑した。

「わかった。うちの厨《くりや》で仕込むこととしよう」

こうして、季蔵は蔵之進と二人であま干し柿作りに取りかかった。

真右衛門《しんえもん》の亡妻の〝あま干し柿日記〟には冒頭に以下のようにあった。


わたしが甘くて柔らかなあま干し柿を拵えようと思い立ったのは、お隣の奥様から子どもたちにと、今でもご親戚が多くおられるという奥州《おうしゅう》のあま干し柿をいただいた時のことでした。

こんな美味《おい》しい干し柿食べたことない‼

わたしは早速《さっそく》、お隣の奥様に教えを乞《こ》うことにしました。

それまでわたしは、あま干し柿のあまは甘という字を当てるのだと思っていました。ところがそれは違って、あまは天なのだと知りました。空の下で干すと、美味しくできて、神様からの贈り物のように滋味なので、あま干し柿と称するのだそうです。

そう考えると、わたしが毎年、実家《さと》の母や姑《しゅうとめ》さまに教わった通りに拵えている、固くて、白く粉がふいた、梅雨《つゆ》時まで置くと真っ黒になってしまう干し柿もあま干し柿なのです。これだって、満更不味《まず》いものではありません。けれど、お隣からいただいたものに比べるとどうしても味が落ちて――。

母や姑さまの味をなじる気持ちは毛頭ありません。でも、ことあま干し柿についてはどうしても妥協できないのです。

甘くて柔らかく、口の中でとろりと溶けるあま干し柿だけが、わたしにとってのあま干し柿で、以来、あま干し柿と呼べるものはこれしかないのです。

これを読むわたしの娘や嫁たちにも、是非ともわたし流のあま干し柿を作って、夫や子どもたちに食べさせてほしいので、あま干し柿――甘く柔らかく最高美味――と、干し柿――歯触りが固く凝縮した甘さで日持ちはする――と、各々の呼び方を徹底させることにします。

そして、ここに書き記すのは、皆が実家や姑さまに習う干し柿作りではなく、経験を積んでこそ、直感が研ぎ澄まされて成就する、あま干し柿作りであることを明記しておきます。

「会ったことはないが、美味いもの好きの養母上《ははうえ》は楽しい女《ひと》だったようだ」

この冒頭を読んだ蔵之進は口元を綻《ほころ》ばせ、この時に限っては愉快そうに目の奥も楽しげに笑っていた。

——蔵之進様も狐目《きつねめ》笑いでないことがある——

季蔵もうれしくなったが、

「〝経験を積んでこそ、直感が研ぎ澄まされて成就する〟とあるのが難点ですね。亡き伊沢様が懸念された通り、これの勘所はかなりむずかしいように思えてきました」

気を引き締めて、〝あま干し柿日記〟に書かれている通りに、作り進むこととなった。

ところが、すぐに〝皮むき前、注意〟とあり、最初《はな》から行き詰まってしまった。

〝皮むき前、注意〟には以下のようにあった。


皮むきの前に追熟と言って、最も重要な処理をしなければなりません。追熟は、入手した柿を放置しておくことによって進みます。

正直なところ、あま干し柿ほどの風味に、拘《こだわ》りのない干し柿作りならば、そううるさく気にすることもないと思いますが、とろりとした食味の中に、芳醇《ほうじゅん》な気高い風味を兼ね備《かなめ》えなければならない、あま干し柿となると、どこまで熟させてから皮を剝《む》くかが肝心要なのです。


「これは厄介だ」

蔵之進は顔を顰《しか》めた。

季蔵がぱらぱらとめくって読み進むと、次のようにあった。

失敗しても、そこそこの味にはなります。ですが、〝あま干し柿なんてたいしたことない〟と見限られることになっては、本意ではないので、追熟についてくわしく説明しておきます。

一　追熟なし　皮を剝くと包丁がごりごりする
二　追熟七日前後　柿がわずかに柔らかくなっていて、包丁のごりごり感が減って、皮剝き後の果肉に多少ぬめりがある
三　追熟七日から十日前後　追熟七日前後よりもさらに包丁のごりごり感が減り、するすると皮剝きが進む。果肉のぬめりがかなりある
四　追熟十日から十四日　柿が熟しきって、皮剝きがしにくくなっている

一ですと、今一つ柔らかさがとろりとせず、二はやや風味に欠け、四はこのまま腐るだけです。三の追熟で皮剝きをしなければなりません。とはいえ、もいだ柿は、各々によって適した追熟期間が異なります。枝の上での熟し方が異なるからです。となると、七日から十日、放置してある柿を見張り、三のようになるのを見届けて、順次、皮剝きをして、干さなければなりません。

「なるほど」

頷《うなず》いた季蔵は、籠の柿を風通しのいい奥の座敷に運んで並べ始めた。

「俺に役宅で毎日、見張れというのか？」

蔵之進は困惑している。

「お手数をおかけいたしますが、どうかよろしくお願いいたします」

「わかった、観念した。たしか、妻の形見だと言って、養父《ちち》があま干し柿作りのためだけの小刀を大事にしていて、仏壇に供えてあったはずだ」

仏間からその小刀を持ってきた蔵之進は、

「皮剝きに適した、ほどよく熟れているものが、この中にあるかもしれぬゆえ、一つ、確かめてみるか。選《え》り分けはおまえさんに任せる」

季蔵を促して、渋柿を一つ一つ触っては、さらに放置するものと、今すぐ剝くものとを選り分けさせた。

約三分の一ほどが、すぐにも皮を剝く必要があった。

皮剝きは蔵之進が引き受けてくれた。

なかなか見事な剝きっぷりである。

「甘柿とていつも皮ごと、食うていたわけではない」

剝いた渋柿は紐《ひも》を使って軒下に吊していく。

「あとは残りの渋柿が頃合いになるのを待って、皮を剥き、このように紐を使って干すのだな」

ため息を洩《も》らした蔵之進に、

「軒下に吊したものは、七日ほどして柿もみをしなければならぬようです」

季蔵は〝あま干し柿日記〟の先を急いだ。

二

「何だ？　柿もみとは？」

蔵之進は季蔵の手にしている〝あま干し柿日記〟を覗《のぞ》き込んだ。

剥き上げて吊した柿は数日から、七日ほど過ぎた頃、柔らかくなってきます。こうなったら、柿の表面が破れないように注意しながら、手で柿をもみほぐすのです。その方が熟すのが早くなるような気がします。また、この柿もみをしないと、中まで柔らかくなろうとしている時に乾いてしまって、柔らかいところとやや固いところの別が出来て、美味しく仕上がりません。

「というわけです」

「つまり、俺は日々、柿の追熟とやらを見張るだけではなく、柿もみとやらをする、柿の御用按摩《あんま》にならねばならぬのか」

蔵之進は舌打ちした。

「そういうことになります」

「今更、何とかはなるまいな」

「ええ、残念ながら」

季蔵は三分の一を軒下に吊してても、なお余りある奥座敷の渋柿をじっと見た。

「吊した柿に触れる時はよく手を洗ってください」

「わかっておるわ。それで、こ奴らは何時《いつ》、養母上が絶賛する垂涎《すいぜん》のあま干し柿になってくるのか？」

「二十日から三十日と書かれています。天候や柿の熟れ方にもよるのでしょう」

「また柿様のお具合次第か」

「どうか、よろしくお願いいたします。何かございましたら、お知らせください」

「何か？　この上、まだ何か起きるのか？」

「もともと気づかぬほどの黴《かび》にやられていて、それが広がったりすることもあるのではないかと思います」

「予期せぬ柿の病か――」

蔵之進は頭を抱えた。

「病に罹《かか》った柿は、伝染《うつ》ってあま干し柿が全滅しないうちに、元気に熟れているものから離さなければなりません」

「その時はたしかに一人では心許《こころもと》ない。よいか、頼むぞ」

「もちろんでございます」

そう言って季蔵は蔵之進の役宅を辞した。

元許嫁《いいなずけ》の瑠璃《るり》の世話をしてくれている、南茅場《かやば》町の長唄《ながうた》の師匠お涼《りょう》が塩梅屋を訪れたのは、その翌々日のことであった。

「お邪魔しますよ」

入ってきたお涼は裾《すそ》に渡りの雁《かり》の群れが描かれているだけの、銀鼠《ぎんねず》の小袖《こそで》の上に、しっとりと地味な黒羽織《くろばおり》という、相変わらず、きりっと粋な着こなしを決めていた。

――お涼さんって、とりわけ秋の風情が似合う女《ひと》だわ――

おき玖《く》の目が驚嘆している。

「瑠璃がいつもお世話になっております」

季蔵は頭を下げた。

「そろそろあの時季だものだから」

「そうですね、たしかにもうあの時季です」

あの時季というのは、これから寒さが厳しくなってくる冬場に備えて、悪い風邪《かぜ》など寄せ付けぬよう、瑠璃の体力を補っておくべき頃合いという意味であった。

去年から、安くはないがこれ以上の特効薬はないと医者に勧められ、十日に一度、春が訪れるまですっぽんの生き血を飲ませていた。

すっぽんには途方もない滋養強壮の効能があるというのだ。

医者は瑠璃のような病人は、体力が衰えてしまえば、回復が望める病にも勝てなくなると言い続けていて、お涼からすっぽんの生き血の話を聞いた季蔵は一も二もなく、これを飲ませると決めたのであった。

生き血とわかると決して飲まないので、昨年は甘酒に加え、山桃湯だと言いきかせて飲ませたのだったが、色の赤い甘酒をおかしく感じたのか、瑠璃は毎回は飲まず、

「元気なあたしがお相伴《しょうばん》してても仕様がないんですよ」

二回に一度はお涼が飲む羽目になった。

「あれのことなら、今年は柚《ゆ》子《ず》茶に混ぜてはどうかと考えていました」

季蔵はこの春、柚子酒に使った柚子の皮を、たっぷりのざらめ砂糖で煮詰めて柚子糖を作った。これを湯呑みに取って、熱湯を注ぐと柚子茶が出来上がる。

柚子茶は瑠璃がたいそう好み、滅多にしない代わりをするほどであった。

「あたしもそう思って、そろそろいただきにあがろうと思って」

微笑《ほほえ》んで頷いたお涼に、

「それでは」

季蔵は大量に作って、器に詰め、盥《たらい》に並べて、常に井戸水で冷やして保存している柚子糖を取りに、離れの勝手口へと急いだ。その場所に限って夏でもひんやりとしているので

あった。

「ありがとうございます」

受け取ったお涼は風呂敷で包んだ。

「ところで、生き血は今年も譲っていただけるのでしょうか？」

季蔵は案じている様子である。

「万年屋《まんねんや》さんにはお願いできましたよ」

「それはよかったです。ありがとうございました」

江戸は深川に店を開いている万年屋は、市中で数少ないすっぽん料理の店であった。

生き血を採るすっぽんだけは、病に罹っている恐れがあるから、屋台等でもとめてはいけないと医者に忠告され、元気で安心できるすっぽんを探さねばと意気込んだところ、すっぽん料理の万年屋に行き着いた。

万年屋で料理にされるすっぽんは、そのいずれもが飼育池での養殖もので、安全に気を配り、育てられたものである。

初めて、季蔵はお涼と共に万年屋を訪れて頼んだ時、養殖すっぽんを門外不出にしている主は、なかなか手強《てごわ》く、

「そんなことをしてたら、うちは料理屋じゃなく、すっぽん売りになっちまいます。一人に売ったら、欲しいという他の人にも売る羽目になる。これでも、うちは何代も続いた老《しに》

舗のれっきとしたすっぽん料理屋なんですからね。飲んだり、食ったりして、臭いと生き血を吐き出させたり、腹痛を起こさせるような俄《にわか》すっぽん料理屋とは違います」

ぽんぽーんと言って、奥に引っ込もうとした。

一緒に季蔵の話を聞いていた主の娘の楓《かえで》が、

「その女《ひと》、ほんとは許嫁か何かなんでしょう？」

念を押し、季蔵が頷くのを見澄ましてから、

「やっぱり――。おっかさんと同じじゃない」

流行病《はやりやまい》で命を落とした母親のことに触れた。

「おっかさん、あの時、生き血どころか、水を飲む気力もなくして死んじゃったじゃない。あたし、あの時、近くに助けられる命があったら、力になりたいって心から思ったのよ。それが、あんなにあっけなく逝《い》っちゃった、おっかさんへのせめてもの供養だって――」

声を詰まらせた娘の言葉で女房のことを思い出した精二郎《せいじろう》は、

「これ以上はもう止《よ》してくれ。わかった、わかった。何とかする。だが、うちはすっぽん売りじゃねえから、生き血を届けるのは秋の終わりから冬場の間だけにしてくれ。その代わり、いいか、うちのはとびっきりの生き血だぜ」

自身も涙目になりかけて降参し、瑠璃のための生き血が調達できたのである。

「あの楓ちゃんね、今、四季屋《しきや》の調理場で働いてるんですよ」

四季屋は江戸一と称される八百良《やおりよう》よりは格下である。しかし、富裕層や粋人たちが競って集うことには変わりなく、庭の広さや豪華さ、味の良さにも定評があり、江戸好みに工夫した京料理が人気を呼んでいた。

「たしか四季屋は、修業を望む料理人に門戸を開いていると聞いています」

三代目の主四季屋徳治郎《とくじろう》が瓦版《かわらばん》に、〝自由で気取りのない江戸っ子気質がうちのよいところ。料理人になりたい方はどうか門を叩《たた》いてください。うちの料理人道場には、厳しくも楽しい日々の修業が待っています〟と、書いているのを季蔵は目にしたことがあった。

「女子《おなご》にまで修業を許していたのには驚きました」

女の料理の守備範囲は家庭料理や、せいぜい煮売りや屋台売りまでで、料理人の修業とは無縁とされてきている。

「あたし、楓ちゃんに長唄を教えていたんですけど、偶然、四季屋さんも弟子の一人で、どうしてもと楓ちゃんに頼まれて、間に入ったんですよ。それで、女料理人を目指す楓ちゃんは四季屋で働くことになったんです。そうしたらね、さっき楓ちゃんが訪ねてきたんですよ。本当に驚いたわ。しばらく会わなかっただけなのに、すっかり大人《おとな》になって見違えちゃって。楓ちゃん、今、自分ではどうしようもできない、悩みを抱えてるようなんです。それって、どうやら――」

そこでお涼は声を潜めた。

「今日の朝、四季屋の旦那《だんな》さんが殺されて、見つかったのと関《かか》わりがあるみたいなんです」

今朝の事件では田端《たばた》や松次《まつじ》はまだ調べをしている最中で、疲れを癒《いや》しがてら、塩梅屋へ立ち寄って、季蔵の耳に入れるのは先のことになる。

「本当ですか？」

思わず念を押すと、

「住み込んでいる楓ちゃんが言うんですもの、間違いはないと思います」

「もしかして、その楓さんとやらは――」

黙って聞いていたおき玖が戸口へと向かった。油障子を引いて、

「あら、やっぱり――」

呟《つぶや》くと、

「あなた、楓さんよね、そんなところに立ってないでお入りなさい」

招き入れつつ、季蔵を振り返った。

「お久しぶりです。その節はお世話になりました」

季蔵は丁寧に頭を下げた。

三

「あたしが話を通してから、季蔵さんと一緒に聞いてもらいたいからって、中へ入ろうとしないもんだから――」

お涼の言葉に頷いた楓は、

「こんなこと、相談していいものかどうか、今でも迷ってて――。でも、このままだと眠れず、仕事が手につかなくなりそうで。おとっつぁんには心配かけたくないし、お涼さんや季蔵さんのほかには頼る人もいなくて――」

掠《かす》れた声を出すと、

「まさか、四季屋の旦那さんの亡くなっているのを見つけてしまったとか？」

思わず口走ったおき玖に、

「違います。茶室で刺し殺されている旦那様を見つけたのは大番頭さんです」

楓は固い表情を向けた。

「四季屋に奉公して日も浅い楓さんは早起きでしょう？」

季蔵に訊《き》かれると、

「まだ新米ですから、他の誰よりも早く起きて、朝餉《あさげ》に使う水を汲《く》んで、竈《かまど》に火を熾《おこ》します」

「旦那様は普段から朝茶を楽しむ方だったのですか？」

「いいえ、四季屋さんのお茶はたしなみ程度だったはずですよ」

お涼が口を挟み、

「ですから、茶室が使われるのはお客様がおいでの時に限ってです」

楓が応《こた》えた。

「すると、今日の朝は来客の予定だったのですね」

「それが誰も聞いてなくて――」

――すると、何のために四季屋徳治郎は茶室に居たのだろう？――

「それで楓ちゃん、何を悩んでいるの？　おとっつぁんに言いたくないのは、悲しませるからだったりすると、あたしが――」

お涼はかろうじて困るという言葉を呑み込んで、

「あの通り、四季屋さんはまだ三十路を越えたばかり、男盛りで独り身だから――」

楓の顔に目を据えた。

「違います」

楓は首を大きく横に揺らせて、

「旦那様が男前で遊び好きだったってことはその通りです。あたしも夕涼みに行こうなんて誘われたことありますけど、お断りしました。あたし、四季屋へ奉公したのは修業のためですから――ああ、でも――」

「四季屋さんじゃない、他の男《ひと》が気になってるのね」

おき玖に言い当てられて、

「そんなこと――」

楓は頭を抱えて、

「あるわけありません。いいえ、あっちゃいけないんです。そんなことがあったら、おとっつぁんにやっと許してもらったこの修業が、すっぽん料理だけでなしに、いろいろな料理を作れる女料理人になる夢が消えてなくなってしまう、だから、ない、ない、ない――」

土間に崩れ落ちて念仏のように唱えた。

「あたしは、いたっていいと思いますよ。人を好きになったから、料理人になれないなんて理屈、ありゃ、しないいんだもの」

お涼はやや伝法《でんぽう》な口調で言ってのけた。

「そうです」

「そうよ」

季蔵とおき玖も口を揃《そろ》えると、

「若いのにもかかわらず、板前頭に上り詰めた柳三《りゅうぞう》さんを、あたしは師匠と仰いでいます。柳三さんはたいそう厳しいんですけど、男の料理人や仲居さんたちには、労《ねぎら》ったりして笑顔を見せることもあるのに、あたしにはいつも仏頂面です。おまけに、〝女なんて亭主の褌《ふんどし》洗って、子どもに乳やって、飯でも炊いてりゃいいんだ、やめろ、やめろ、早くやめちまって、万年屋に帰って嫁に行け〟って。師匠なんであたし、口答えはしませんが、――今に見てろ、柳三さんが仰天するような料理を作れるようになるんだ――って、ずっと、自分に言い聞かせてきました」

「柳三さんの料理の腕はさぞかし素晴らしいのでしょう？」

――そうでなければ、楓さんはとっくに見切りをつけているはずだ――

「ええ、それはもう。毎回、食通のお客さんたちを喜ばせる旦那様と同じくらい――。時には柳三さんが旦那様を助けることさえありました。そうだわ、昨日の夜もそのことで、柳三さんと旦那様、諍《いさか》いになりかけて大変だったんです」

「諍いの因《もと》は何だったのです？」

「食通のお客様の中には、御自分で食材をお持ちになって、これでこれぞというものを作ってほしいという方もいらっしゃるんです。昨日は新蕎麦《そば》の時季ということで、信濃《しなの》の蕎麦粉を持参された方がおられました。蕎麦粉を使って、料理の後にさっぱりと美味しい蕎麦菓子を作ってほしいとおっしゃったんです」

――これはむずかしい。蕎麦粉の菓子と言われても、蕎麦饅頭《まんじゆう》か菓子というよりも小腹の空《す》いた時に都合のいいそばがきしか思いつかない――

そばがきは練った蕎麦粉を茹《ゆ》でて、醬油《しようゆ》を垂らしたり、黄粉《きなこ》をまぶして食される。

――そうだ――

ふと、甘い煮小豆《あずき》の味が季蔵の口中に広がった時、

「旦那様はそばがきのぜんざいをお作りになりました。ぜんざいの中に餅《もち》代わりにそばがきを入れたものです」

「お客様は何と？」

「悪くはないが、餅入りの方が美味しいし、そばがきは食べ飽きていると――」

「不評だったわけですね」

「大切なお客様なので不愉快にしたままで、お帰ししてはいけないと、気を利かせた柳三さんがそばもちを思いつきました」

——そばもち？　いったい、どんなものだろう？——

季蔵には見当もつかなかった。

「是非、作り方を知りたいものです」

「簡単です。蕎麦粉と上新粉を半量ずつで練って蒸籠《せいろう》で蒸し、千切って、白砂糖を入れた黄粉をまぶすんです。あたし柳三さんから、春菓子の一つに、黄粉を鶯《うぐいす》粉に変えたのを教えてもらってました」

——なるほど上新粉と蒸籠だったのか——

感心した季蔵は、

「そばがきのようなやや固めのねっとり感がなく、本当の餅のように柔らかでしょうね」

「そうなんです。だから、もう、お客様は大喜びなさって——」

楓の顔は自分が褒められたかのように輝いている。

「しかし、それが因で、どうして主と柳三さんが諍いをするのです？」

「お客様がご存知なくても、柳三さんがそばもちの立役者だったのは、調理場のみんなが知っています。これが旦那様には気に入らなかったのだと思います。急に柳三さんに、要らぬことをしたとおっしゃって、柳三さんの方は、お店のため、商いのためにやったことだと言い通して謝らず、大番頭さんが止めなければ、もう少しで、旦那様が柳三さんを殴りつけるところでした」

「そういうことは前にもあったのですか？　四季屋の旦那様が誰かの助けを必要とするという意味ですが」

「いいえ。初めてだそうです。皆も驚いていましたから。とにかく旦那様は店を切り盛りする才覚があるだけではなく、料理の腕がとびっきりの男前で通っていましたから。いつもはどんな食材を持ち込まれても、やすやすと、あっと驚く料理でお客様を唸《うな》らせていました」

そこまで話すと、楓はうつむいて顔を翳《かげ》らせた。

「急ぎ大番頭さんが番屋に報《しら》せたので、今頃はお上がやってきて調べをしている頃だと思います。店の人たちが、〝これでは柳三さんがいの一番に疑われるだろう〟と話しているのを聞いて、ああ、もうどうしようかと、胸がぎゅーっと押し潰《つぶ》されるみたいに痛んで、気がついてみたら、足が勝手に動いて、南茅場町のお涼さんの家の前に立っていたんです」

「柳三さんを下手人にしたくない楓さんの気持ち、よくわかる」

おき玖の言葉を受けて、

「料理一筋の柳三さんは仕事に厳しい人ですが、人を殺すような人ではありません」

楓は言い切った。

「ところで、普段、旦那様と柳三さんの仲はどうなのです？」

「機嫌のいい時の旦那様は、〝俺たちは料理名人兄弟《きょうだい》だ。年齢《とし》は俺が一つ下だが、ここの主だから、俺が兄貴、柳三は弟〟とよくおっしゃっていました。でも、旦那様の部屋での酒席に誘われても、〝あっしは奉公人ですから〟と柳三さんは遠慮していたようです」

「それだけだと、旦那様は屈託がなかったのに、柳三さんの方は、胸に一物あったかのように思われるかもしれませんせん」

季蔵はうーむと腕組みをして、

「料理について言い合いをするようなことは？」

訊かずにはいられなかった。

「それは始終で――」

楓は少し目を伏せ、

「この間も旬《しゅん》の丹後《たんご》鰤《ぶり》を使った鰤大根の作り方でひと揉《も》めしていました。旦那様は脂の乗った腹の切り身を使った方が、あっさりと格調高く仕上がるとおっしゃり、柳三さんは鰤の旨味《うまみ》をたっぷりと吸った、あつあつの大根を食べるこの料理に、鰤のアラは欠かせないとやっぱり言い通して――」

「もちろん、旦那様の方に軍配が上がったのでしょう？」

「いいえ、品書きに鰤大根拵え方二種、鰤腹身作り、鰤アラ作りと書き添えておいて、お客様に好みの方をお選びいただくことになりました」

きっぱりと言い切って顔を上げた。

――なるほど、両者の顔をたてたのか――

四

「四季屋のご主人って相当おかしな人ね。助けてもらった相手に怒り出したりして――」

おき玖も気がついて、

「商いの為と割り切っていても、なかなかできることではないのに」

お涼の言葉に、

「品書きを決めるのは、四季屋の手伝いをされている旦那様のお姉様ですから」

楓は付け加えた。

「お姉さんがいるのですか？」

実は傲慢《ごうまん》で逆上しやすい四季屋の主が逆らえない姉とは、いったい、どんな人物だろうかと季蔵は気にかかった。

「三つ年上で、いつも旦那様の作る料理を最初に召し上がるのはその方です。とにかく、賢くて、仕入れ、支払い等のやりくりはもとより、奉公人やお客様への気配りに長《た》けている上、三十路を越えているとは思えないほど、初々しく、それはそれはお綺麗《きれい》です。あんなひとがお内儀《かみ》さんだったらいいのにと、あたしたちは始終話しています。女将《おかみ》さんとは呼べないので、お理彩《りさ》さんと名で呼ばせていただいています」

「つまり、四季屋さんはお姉さんの言うことだけは聞くというわけですね」

「〝姉さんには敵《かな》わない〟というのも旦那様の口癖でした」

その時である。

「邪魔するぜ」

戸口の聞き慣れた声は松次のものだった。

「お嬢さん、楓さんを離れに。お涼さんも」

あわてて三人は勝手口を抜けていった。

「おき玖ちゃんは？」

松次たちが訪れるのは、熟柿泥棒が起きて以来であった。

「ええ、まあ、何とか――」

季蔵が曖昧《あいまい》に取り繕いかけたところへ、

「いらっしゃいませぇ――」

おき玖が勝手口から戻ってきた。

「お、すっかり元気になったようじゃねえか、よかった、よかった」

松次は知らずと目を潤ませ、隣りに座った田端もほっと表情を和ませている。

「ほら、もう、この通り。ご心配おかけしてすみませんでした」

おき玖は頭を下げながら、ぐるりと一回りして見せると、

「はい、お待ち」

素早く、田端には湯呑みで冷や酒を、松次には甘酒の入った湯呑みを振る舞った。

「安心、安心」

松次はずずっと音を立てて啜《すす》った。

季蔵は左党の田端にはスルメを焼き、松次のためには、さっき楓から教えてもらったばかりのそばもちを作ることにした。

――蕎麦粉に上新粉、砂糖、黄粉――幸いどれもここにある――

「さあ、どうぞ」

出来上がったそばもちを勧めると、

「へっ？　わざわざ俺のためかよ」

松次は金壺眼《かなつぼまなこ》をうれしそうに瞠《みは》った。

「この間、駆け付けていただいた御礼です。あの時は甘酒一つお出しできませんでしたから――」

「まあ、そんなのはいいってことよ」

松次は美味そうにそばもちを頰張《ほおば》って、

「うーん、蕎麦の香りが何ともいえねえ」

蒸し上げた量の半分を腹に納めてしまった上、

「残って固くなっても、また、蒸しさえすれば柔らかくなるんだろ？　持ち帰らせてくれ」

土産《みやげ》にまでしてしまった。

「お役目ご苦労様です」

季蔵は、他の肴《さかな》は滅多に手をつけないが、これだけは好物の焼きスルメを嚙《か》んでいる田端の方を見た。

「今日はそれほど疲れてはおらぬが、はて、これがいいことかどうか――」

田端の酔眼は季蔵ではなく宙を睨《にら》んでいる。

「いいも悪いも旦那、もう、下手人はお縄にしたんですから、これはお手柄ですよ、お手柄」

はしゃぎ気味の松次に、

「その手柄話、お話しいただけませんか？」

季蔵は水を向けた。

すると松次は四季屋の主殺しの下手人が、昨夜、言い合いをしていた柳三と決まり、捕縛して番屋にしょっぴいたところだと告げた。

「まあ」

小さく叫んだおき玖はさっと青ざめ、堪《たま》らなくなって勝手口を抜けて行った。

「柳三は昨日の夜、外へ出かけて、帰ってきた時はひどく酒臭かったそうだ。出かける前に、〝この仕打ちはあんまりだ。これはもう、あっしがここからいなくなるしかねえだろう〟と仲間に話していたそうだ。酒の勢いで殺《や》っちまったんだろうさ」

松次が言い添えたところで、

「確たる証《あかし》はあるのですか？」

季蔵は訊かずにはいられなかった。

「柳三の財布の根付けが千切れていて、殺された四季屋の左袖《そで》にあった。柳三は四季屋が摑《つか》みかかってきて、拳《こぶし》を振り上げようとした時、千切れて落ちたものだと言い続けているが、周りにいた連中は誰一人、気づかなかったというから、それは真っ赤な嘘《うそ》で、四季屋が殺される前、無我夢中でもぎ取ったのだろうさ」

一方、田端は、

「〝あっしがここからいなくなるしかねえだろう〟という言葉が気にかかる。主殺しは打ち首の重罪。いなくなるしかないという覚悟があれば、何も、主を殺して首を打たれることもあるまいに」

首をかしげた。

「もしや、旦那は下手人は柳三ではないかもしれないと思ってるんですかい？」

松次は目を剝き、

「いや、異を唱えているわけではない。柳三が下手人である証は揃っている。ただ、ちらと心をよぎった懸念を消せずにいるだけだ」

「その懸念、わたしに確かめさせてはいただけませんか？」

思い切って季蔵は切り出した。

「旦那――」

松次は露骨に嫌な顔になり、次には田端をすがるように見た。しかし、田端は、

「そうだな。そうしてもらえると、わしも心安らかだ。無実の者の首を刎《は》ねては、地獄に落ちて閻魔《えんま》に舌を抜かれてしまうゆえ」

湯呑みの残りを呷《あお》って立ち上がった。

身支度を調えた季蔵は二人と一緒に番屋へと向かった。

四季屋徳治郎の骸《むくろ》は、すでに、番屋の土間に筵《むしろ》を被《かぶ》されて横たえられている。

「それにしても、姉のお理彩ときたら、番屋なんぞに骸を移すなと、さんざん泣いて喚《わめ》いて大変だった」

松次は形だけ手を合わせ、骸から筵を剝《は》ぎ取った。

柳三は縄に繫《つな》がれたまま、板敷に座らされている。

「仏と一緒にいて、少しは後悔して、白状する気になったかい？　言っとくけど、知らぬ存ぜぬを通してると、今に辛《つら》い責め詮議《せんぎ》を受けることになるんだぜ。石を抱かされ、さんざん苦しんだ末に肉が弾けるか、南無阿弥陀仏と唱えているうちに首が飛んで往生できるか、二つに一つ。どのみち死ぬんなら楽な方がいいだろう？」

松次はそっぽを向いたまま、聞こえるように言った。

季蔵は柳三と目が合った。

不思議にその目は松次の話に怯《おび》えていない。

〝あっしは罪など犯していません〟

柳三の目が毅然《きぜん》と訴えてきた。

――澄んだ目をしている――

季蔵は柳三の言葉を信じたい気持ちを振り払うと、丁寧に手を合わせ、骸の調べに取りかかった。

「駆け付けた奉行所付きの医者は、心《しん》の臓《ぞう》を包丁で一突きされて死に到ったと申しておるが、他に何かあったら――」

田端は屈《かが》み込んでいる季蔵の横に立っている。

「四季屋さんは誰とも争っていません。根付けをもぎとるには、咄嗟に相手の手にしている包丁を叩き落として、組み合わねばなりませんから。相手もやすやすと包丁を叩き落とされたりはせず、やみくもに振り回すでしょう。そうなると、四季屋さんの両掌などに傷が残っているはずです。真の下手人は四季屋さんが心を許している者です」

「なぜ、柳三の根付けが四季屋の袖に入っていたのか？」

田端が追及する。

「考えられるのは二つ。真の下手人が昨日の厨での騒動に居合わせて、千切れた根付けを拾い、四季屋さんを殺した後、柳三さんの仕業に見せかけようと袖に入れた、これが一つ。もう一つは四季屋さん自身が気がついて拾い、柳三さんに会ったら詫《わ》びて、渡そうとしていたか――。このどちらかではないかと思いますが、ところで、四季屋さんを刺した包丁は見つかりましたか？」

「いいや、まだだ。見つかっていない」

「柳三さんの包丁は？」

「よく手入れされてた。なくなってたのは四季屋の包丁だった。自分の包丁を殺しに使っちゃ、怪しまれると思ってのことさ。それで、柳三の持ち物は残らず検《あらた》めたし、庭の手水《ちょうず》鉢《ばち》までも見ちゃあいるんだが――」

口を挟んだ松次は、

「それでも、これだけじゃ、柳三が殺ってないってえことにはなんねえぞ。酔ってた柳三は、根付けを返して詫びようとしてた旦那の心がわからず、怒りにまかせて刺し殺したのかもしれねえんだし――」

と続けて口をへの字に曲げた。

「一つ、お願いがございます。この通りです」

季蔵は土間に膝《ひざ》をついて、

「実は――」

五

万年屋の娘で四季屋に奉公している楓の話をした。

「そういや、全員を集めて話を訊いた時、一人、奉公人の数が足りなかったな」

松次は目を三角にして、

「困るよ、勝手に匿《かくま》っちゃ――。もしかして、柳三が下手人じゃねえってえことになると、その楓ってえ娘が下手人かもしんねえんだぜ」

「申しわけございません」

季蔵は頭《こうべ》を垂れた。

田端は先を促した。

「おまえの願いとやらを言ってみろ」

「柳三さんを案じている楓さんを柳三さんに会わせてやってはいただけませんか、お願いです」

さらに頭を深く下げた。

「調べに役立つことであれば許してもよいが」

田端は有無を言わせぬ口調になり、

「会わせてはやるが、季蔵、おまえが立ち会うのだ。そして、二人の話を包み隠さず我らに伝えろ。いいな」

「わかりました」

季蔵が塩梅屋へ戻ると、

「お涼さん、瑠璃さんのことも気にかけている様子だったので、引き留めなかったけど」

離れにいたのは楓とおき玖の二人だった。

おき玖が気を利かせたと思われる、湯呑みの甘酒が冷え切っている。

季蔵が番屋での経緯《いきさつ》を楓に話すと、

「本当ですか？」

捕縛されたと聞き、涙が止まらずにいた楓の顔が一瞬輝いた。

「無粋ですが、わたしもご一緒させていただきますが――」

「かまいません。いいんです、あたし、一目柳三さんに会えさえすれば――。もう、生きては会えないかもしれないって思ってたんですから」

楓は涙を拭《ぬぐ》うと身仕舞いを始めた。

季蔵の頼みで、縛《いまし》めを解かれた柳三は、番屋の板敷で楓と向かい合って座った。

季蔵は土間に控えている。

「会いたいと言ってくれてうれしかったよ」

柳三の方が先に口を開いた。

楓は涙にむせんでいる様子だった。

「あっしには心残りがあったんだよ」

「何かお身内に報せることとでも？」

楓の掠れ声が緊張した。

「ないよ、そんなもん。俺は捨て子だったんだから。あんたに辛く当たってすまなかった。死ぬ前に謝りたかったんだ。よかったよ、こうして、あんたを目の前にして謝ることができて――」

「どうして、あたしを目の敵に？」

「あんたが女だてらに料理人になろうとしてるからさ。すっぽん料理の老舗の娘だってことも聞いてたさ。あんたは誰にも分け隔てなく優しくて、擦れてないから、さぞかし大事に育ったんだろう？　けど、そいつが癪《しゃく》に障ったわけじゃない。この世は男で廻《まわ》ってるから、女料理人になるんなら相応の覚悟が要るんだって、思い知ってほしかったんだよ。この仕事、どんなに想《おも》いを込めて料理を拵えても、不味いと客にそっぽを向かれたら仕舞いだから、よほど腹を括《くく》らねえと、続けちゃあいけねえんだよ。できる料理人仲間にじゃない、自分の弱さに潰されちまうのさ」

柳三は淡々と話し続けた。

「あたしを鍛えて、一人前にしてくれようとしてたんですね。あたしより半年先に住み込んだ男が、結構なことを任せてもらってるのに、あたしだけ、来る日も来る日も大根素麺《そうめん》を作らされていたのも――。それなのにあたしが女だから、柳三さんに冷たくあしらわれてるって思い込んだこともあって――馬鹿でした」

楓はしゃくり上げた。

「そのうちわかるが、大根素麺は桂《かつら》剝きにした大根から、つるりとしていて丸い食味の素麺を頭に想い描いて切り取るんだ。間違っても、千切りにすればいいなんて勘違いした包丁使いをしては駄目だ。とんとんと忙《せわ》しく切り刻むと、せっかくの大根素麺が尖《とが》った舌触りになっちまうからな。時間をかけて、そっと労《いたわ》るように少しずつ、大根の中に隠れている素麺を探していくんだ」

「あ、それ、あたしが大根素麺に今、感じ始めてて、言葉にはなってなかったことと同じ――」

楓は驚嘆し、

――まさに、これぞ大根素麺の極意だ――

季蔵は感心した。

「あんたは見かけによらず、勝ち気で根性があるとわかったんで、魚の串焼《くしや》きよりもよほどむずかしい技を覚えてほしかったんだ。あんたにには。ああ、よかった、これでやっと心残りがなくなった。あんたにはこの先、存分に料理人の腕をふるってもらいたい。あんたならきっとできる、あっしの分も頑張ってくれ」

柳三は穏やかな声で締め括った。

「柳三さん、そんな言い方やめてください」

楓が涙声になった。

「柳三さんは旦那様を手にかけてなぞいません」

「あんたはあっしを信じてくれるんだな。ありがとう。だが、もうここまで来たら、どんなに無実を訴えたところで無駄ってもんらしいよ」

わざと他人《ひと》ごとのような物言いをして、柳三がふうと大きくため息をついた。

——ここまで料理を極めつつある者が、人を殺して己の将来を断つだろうか？——

柳三は無実だという楓の言葉に、心の中で大きく頷いていた季蔵は、

「柳三さん」

板敷へ呼びかけて、

「昨夜、どちらかに出かけて深酒していたということでしたが、どこへ？」

訊かずにはいられなかった。

「それはちょっと——」

口籠《くちご》もる柳三に、楓は、はっとして、

「男の人ってむしゃくしゃすると、色街に出かけたくなるっていうから、柳三さんも——。きっとよくない場所ね」

思わず口走った。

「そんなとこじゃねえよ。それにもうすぐ首を刎ねられる男のことなんて、どうでもいいはずだ」

柳三は仏頂面になったが、

「そんなことない。そんなことあるわけない」

楓は頑固に言い通し、遂に、根負けした柳三は、

「あっしはよ、捨て子だったんだが、気にかけてくれるお人はいたんだ。一緒に住んじゃあいなかったが、親代わりみてえなお人だよ。捨て子の神様って言われてる上野の仙造《せんぞう》親分。親分んとこへ行ってたんだ。かつかつの尼寺で食うや食わずで養われてる頃から、仙造親分は、毎月、欠かさず、銭や食べ物を寺に届けてくれてた。その親分はあっしに、〝柳三よ、力自慢のおまえはとにかく気が短い、それが禍《わざわい》して悪い道に逸《そ》れることもある。短気は損気と念仏のように唱えて生きろ〟って言ってたんだ。手に職をつけなきゃってんで、親分が最初の店を紹介してくれた。最初は辛かったが、性に合ってたのか、そのうちに引きが来て、おかげで、四季屋の板前頭を務めるまでになった」

「あなたが昨夜、会っていたのは仙造親分だったのですね」

季蔵は念を押した。

「うん。親分はまた、暴れ虫が疼《うず》くようなことがあったら、夜中でもかまわねえから、来るように言ってくれてたんだよ。だから、親分のところへ行った。旦那様が殴りかかってきた時、疼きだした暴れ虫を止めてほしかったんだ。なのに、俺は今、主殺しって言われてこんなところに――」

柳三は悔しそうに唇を嚙みしめて、

「親分に俺の首が刎ねられること、隠しとけないもんかな。これ以上、恩人をまた悲しませたくねえんだ」

泣くまいと歯を食いしばった。

この後、季蔵は松次に柳三と仙造の関わりを告げた。

「仙造親分？　こりゃあ、あんた、ただの親分じゃない。孤児《みなしご》たちから慕われてて、私利私欲が露ほどもねえお人だから、お上も一目置いてる。あの柳三が孤児なのはわかってたが、仙造親分に可愛《かわい》がられてたなんて、ほんとなんかねえ？」

半信半疑の松次は柳三を番太郎に頼むと、あたふたと仙造のもとへ走って行った。

「やっぱり、柳三さんは下手人じゃなかったんですね」

楓が季蔵に話しかけてきた。

「そうですね。でも、松次親分が仙造親分のところから戻ってこないと、お解き放ちにはなりません。上野まで行ったのですから、時がかかるでしょう。間違いはないと思いますが、とにかく松次親分の帰りを待ちましょう」


昼をだいぶ過ぎた頃、松次が戻ってきた。

「あいつの言ってたことは本当だった。仙造親分は奉行所まで出向きなすってこう言った。〝昨夜遅く、訪ねてきた柳三とはただ酒を飲んで時を過ごしただけでしたが、何か言うに言われぬことが店であったのだろうとは察しがついてました。よほど辛いんだろうと。だが、それには触れず、男同士、ただただ飲みましたよ。それで充分だったはずです。柳三が主殺し？　とんでもない。あいつは短気なところはあるが人を殺せる奴じゃありません。確たる証はあるんですか？　今のところないんですね。それじゃ、お天道様が西からでも上がらない限り、主と言い合いをしたことぐらいで、下手人とは決められねえでしょう。主の方から手を出したって？　それじゃ、なおさらですよ。柳三が主に殺されなくてよかったと思ってます〟って、さすが、十手《じって》を腰にしながら、入墨者になりがちな孤児たちを庇《かば》って生きて二十と五年、パンパンパーンと胸のすくような、そりゃ立派な話しぶりだった。それで田端の旦那が、〝番屋に置いておけなくなった柳三を、どこか、牢屋でなく、見張れる場所に移さなくては――〟と頭を悩ますことになった。そこで俺は当てがあると、この胸を叩いて請け負ったのさ」

松次は満面の笑みを季蔵に向けた。

六

季蔵は番屋から柳三を塩梅屋に連れ帰った。話を聞いたおき玖は、

「まあ、よかった」

胸を撫《な》で下ろし、

「でも、まだすっかり嫌疑が晴れたわけではありません」

固い表情の柳三に、

「どうか、真の下手人が捕まるまで、遠慮せずに離れにいてくださいな」

労りの微笑みを浮かべた。

「落ち着けるところをいただけて助かりました。この通りです」

「どうか柳三さんをよろしくお願いします」

柳三と楓は共に頭を下げた。

離れへと柳三を案内した季蔵は、

「ここの納戸には先代が書き留めた料理日記があります。それをご覧になっていてもいいですし、ご自身が思いつかれた料理の手順を書かれてみてはいかがですか？」

と勧めた。

柳三は主殺しの一件が決着するまで、包丁を握ることを禁じられている。

「ありがたい。首を刎ねられるかもしれないと覚悟した時、最初に頭をよぎったのは楓さんへの想いでしたが、もう一つは、あれもこれも誰かに伝えたいという自分の料理でした」

柳三はまたさらに頭を垂れた。

「季蔵さんに負けず劣らず料理一筋なんですね」

感心したおき玖が墨と硯《すずり》、紙を用意したところに、

「松次親分が来たよ」

三吉がやや不安そうな面持ちで告げた。

――親分とは番屋で別れたが、追いかけてくるなんて、よほどのことだろうな――

「何かいつもと違って、ぴりぴりしてる」

立ち上がった季蔵は勝手口から店に戻った。三吉の言った通り、松次は一人で、床几《しょうぎ》に

は腰かけず、土間を行ったり来たりしているが、金壺眼は見開かれ、頬は強ばって、緊張を画《え》に描《か》いたような顔をしていた。

「何か、またありましたか？」

「四季屋徳治郎を刺し殺した包丁が見つかったんだ。なくなっていた主のものだった」

「どこにあったんですか？」

「何と使われていない蔵の中だ」

「鍵は？」

「その蔵の錠前は壊れていて、近く、錠前屋を呼ぶつもりだったと大番頭の源吉《げんきち》は言っている」

「ということは――」

――これで、ますます、下手人が柳三さんだと決めつけられない――

季蔵は内心ほっとした。

「日頃、鍵は主の徳治郎と大番頭の源吉が預かってたそうだから、錠前が壊れてさえいなければ、源吉の仕業ということになるが、壊れていたのは本当で店の誰もが知っていた」

「ということは」

「そうさ、だから――」

松次はとんとんと自分の頭を人差し指で叩いて、

「振り出しに戻っちまったんだよ。田端の旦那は他のお役目でお忙しいし、ここは一つ、俺が頑張ってお役に立たねえとな」

どんと自分の胸を張って見せたものの、

「けど、店の連中の詮議はとっくに済んじまってるんだ。最初《はな》っから、柳三が怪しいと思ってたんで、疑わしい奴は一人もいねえように思えてきた。これからどう調べたものか――」

松次は両腕を組んで、

「困った時、頼りになるのは――」

訴えるような目で季蔵を見つめた。

「ここには柳三さんと楓さんがいます。楓さんの話はまだ訊いていないはずですし、柳三さんに対しては下手人と決めつけずに、他の人たちのことを訊いてみてはいかがですか？」

季蔵は助け船を出して、松次を離れへと案内した。

「ちょいとまた、訊きたくなってね」

松次は血の付いた主の出刃包丁が蔵で見つかったことを告げて、

「何か心当たりはないだろうかね」

楓にまず訊いた。

「あるわけありません」

楓は首を横に振り続ける。

「鍵を自由にできる源吉についてでもいいんだがな」

「ああ、それなら――」

楓が口を滑らせると、

「知ってることがあるんだな」

松次の目がぎろりと光った。

「ええ、でも――」

「お上には包み隠さず話さないといけないよ」

松次は十手をかざして見せた。

「大番頭さんと裏木戸で会っていた男の人を見ました。ぞろりと縕袍《どてら》を着て、手拭いを首に巻いた人相の悪い男でした。あんな怖いような男とどうしてつきあいがあるのか、不思議に思いました」

「そいつは南飯田《いいだ》町にある賭場《とば》の用心棒の為三《ためぞう》だろう。あそこじゃ、博打《ばくち》で拵えた借金を返さない相手に、手痛い脅しをかけるために、押しかけさせているという話を聞いたことがある。あんたは何か気づいてねえか？」

松次は柳三を見据えた。

「わたしの尼寺時代の仲間の中に賭場で働いている男がいて、ここの大番頭を見たと言っていました」

柳三はきっぱりと言い切った。

「源吉は白ねずみか？」

白ねずみとは所帯を持たずに、年を経た奉公人のことであった。松次の念押しに二人が頷くと、

「とかく、白ねずみは魔がさして、女か、博打に走るものさ。これからちょいと、四季屋に出かけて、帳簿を調べてくる。季蔵さん、悪いがつきあってくれ」

松次は季蔵を頼んで塩梅屋を出て行った。


四季屋の帳簿調べは夕方までかかった。

「どうぞ、どうぞ、いくらでもいつまでもお調べください」

源吉は少しも動ぜず、使い込みの証を見つけることはできなかった。

「お理彩さんがお二人にお茶をとおっしゃっています」

二人の後を追って四季屋に戻ってきた楓に声を掛けられた。

きりりと襷《たすき》を掛けて両袖を括り、料理人の前垂れをしている楓は、

「あたし、もう、お理彩さんのことが心配で心配で——。一心同体って言えるくらい、仲のいい姉弟《きょうだい》でしたし、こういう時、強い気性の女ほど脆《もろ》いって言いますから」

立ち上がった季蔵の耳元で囁《ささや》いた。

「とにかく、天女みてえな形《なり》の女だよ、お理彩は。一つ、また拝ませてもらうとするか」

聞こえていたらしい松次が、満更でもない笑いを洩らした。

お理彩は部屋で臥《ふ》していた。

楓が運んできた茶を一口飲んで、

——これは——

煎茶《せんちゃ》に心地よい秋風が渡っている。

「お役目とはいえ、お疲れと思い、油障子で囲った土の上で、葉を茂らせている薄荷を少々加え、いつもの茶に入れるよう、楓に頼んだのです。お味はいかがでしたか？」

楓に支えられて上体を起こしたお理彩が、端正な顔立ちの口元で僅《わず》かに微笑んだ。

——晴れ渡って、雲一つない秋の空を想わせる——

「大変結構なお味です」

「いいね」

季蔵と松次は頷いた。

「こうしていても、やはり、気になるのは、遠くへ行ってしまった弟のことです」

お理彩の目に涙が光り、

「わかるよ」

松次は痛ましそうに相づちを打った。

「楓の話では、下手人は柳三さんではないようですね。早く下手人をお縄にしていただかないと、殺された弟が浮かばれません」

お理彩の口調が強まり、

「わかってる」

松次は声を低めて俯《うつむ》いた。

「目星はついているんですか?」

追及を止めないお理彩に、

「今は言えねえよ。ところで、どうして徳治郎が朝方に茶室なんかに居たのか気にかかるね」

松次も負けてはいなかった。

「ああ、あれなら——」

お理彩はまた微笑んで、

「疲れていない朝は、誰でも頭がすっきりしていてよく働きますからね。日を決めて、茶でも点《た》てながら、弟の徳治郎は大番頭の源吉と商いの相談をしていたようですよ。くわしいことは源吉に訊いてみてください」

「そうかそれじゃ、早速、そうするぜ」

松次が立ち上がり、季蔵が続こうとして腰を上げると、障子の向こうに人の動く気配が感じられた。

——気のせいか——

吹き始めた風のせいかもしれないと思い直していると、

「楓から聞きました。あの熟柿で有名な塩梅屋さんだそうですね」

お理彩が話しかけてきた。

「申し遅れました」

　季蔵が改めて名乗ると、

「当分、柳三のお世話をいただくことになったとも聞きました。柳三は腕のいい料理人です。わたしからも、どうぞよろしくお願いします。それと——」

　一瞬口籠もったお理彩だったが、

「こんなことをわたしが言うのは出過ぎかもしれませんが、下手人の調べはお上に任せてはいかがでしょう？　このような血なまぐさいことに、市中で名の知れた料理人である、あなたが関わっては、かえって、ご迷惑がかかるのではないかと思います。料理人が嗅《か》ぐ血は魚や鶉《うずら》などに限らないと、包丁に穢《けが》れが移ってしまいますし」

　と一気に続けた。

「お気遣いありがとうございます。ですが、名が知れているのは熟柿でわたしではありません。どうか、お気遣いなく」

　季蔵は丁重に頭を下げて廊下へと出た。

七

　この後、松次は源吉を探したが、

「少し前から姿を見ていません」

「出かける用事があるとは聞いておりませんが——」

奉公人たちは首をかしげた。

「あれをお願いします」

季蔵は松次に頼んで、

「それじゃ、まあ、もう一度」

徳治郎が殺されていた茶室を見せてもらうことにした。

二人が茶室へ続く廊下を歩いていると。

「待ってください」

楓が二人を追ってきた。

「今、お理彩さんが注文したすっぽんが実家から届いたんです。あの後、急に起き上がったお理彩さんが、これを料理して、お二人にすっぽん尽くしの夕餉をさしあげると言い出されて。身体に障るからと言っても聞き入れてくださいません。もちろん、あたしもお手伝いしますけど――」

楓は困惑顔である。

――そんなことより、通夜の支度が先ではないか？　それにそもそも精進ではないすっぽん料理でのもてなしなど――

季蔵はお理彩が弟の骸を、いつ返してくれるのかと聞かなかったことを思い出した。

――冷静沈着でいるようで、やはり、取り乱しているのだろう――

「先にこっちだよ、もてなしを受けるのはその後だ。もう一遍、ここの旦那が仏になってた場所を二人で見る」

松次が言い切って、

「わかりました。そのようにお理彩さんに伝えます」

立ち去ろうとした楓を、

「念のため、あんたも立ち会ってくれ。さっきみてえに、何か気づくことがあるかもしんねえし――」

松次が止めて、三人は茶室の中へと入った。矩形《くけい》の畳の中央に炉が切られている。

「何？　これ――」

炉に目を向けた楓が、灰の中に半分脚が埋まっていた、光るものを取り上げた。底に赤い汁が沈んでいる。

「おい、まさか人の血じゃあるまいな？」

松次の声が尖った。

「いいえ、これはすっぽんの生き血。このギヤマンの盃《さかずき》は、すっぽんの生き血を飲むためだけのものです」

「あんた、どうして、すっぽんの生き血だとわかるんだい？」

松次は気味悪そうにギヤマンの盃の底を見た。

「四季屋は旦那様の好みで、ギヤマンのほとんどに色が付いてるんです。ギヤマンを使うのは夏場が多いんですが、その色に合わせた料理を拵えることになってます。ただし、秋口に滋養が増すと言われている、時季のすっぽん料理に限っては、口取りと一緒に出す生き血を、このような色のない、南蛮から伝わったという、すんなりとした脚付きのギヤマンの盃に注《つ》ぎます。ほら、こうして、生き血が残ってるでしょう」

楓は盃を掲げて見せた。

「色のない方が真っ赤な血が映えるだろうけどよ――」

松次はぞっと首のあたりをすくめて、

――すっぽんに限らず、生き物の血なんぞを飲むのは金輪際御免だよ――

季蔵の方だけを見た。

「生き血採りを含む、すっぽん料理はあなたがこの店に教えたんですか？」

季蔵が確かめると、

「はい。焼酎《しょうちゅう》と混ぜて飲む生き血の採り方だけではなく、お造りや焼き物、お鍋《なべ》、雑炊といったすっぽん尽くしは、あたしがここへ来てすぐ、旦那様にお教えしました。おとっつぁんに、〝四季屋じゃ、たぶん、すっぽん料理を訊いてくるだろう、それがおまえみたいな女料理人を、奉公させてくれる見返りってもんさ。仕方ねえからちゃーんときっちり、万年屋の恥になんねえように教えるんだぞ〟って。すっぽんは特に秋口、人気があるんで、万年屋みたいなすっぽん料理屋でなくても、こぞって品書きに加えるんですよ。でも、これ、どうして？――」

楓は掲げた盃を揺らせ続けている。

「何か気づいたかい？」

松次は身を乗り出した。

「このギヤマンの中の血、ぷるぷるになってる」

「どれどれ――」

身を屈めてながめた松次に季蔵も倣《なら》った。

――固まっているだけではなく、たしかにぷるぷるしている――

「おかしな血だな」

二人は頷きあって、

――すっぽんは食べたことがまだない。その血を啜ったこともないが、瑠璃が嫌うことがあるのは、このぷるぷるが、喉《のど》を通りにくいせいだろうか？――

季蔵は首をかしげ、

「ところで、すっぽんの生き血ってえのはこんなもんなのかい？」

松次が訊いた。

「すっぽんの血を先に器に注いで、焼酎と合わせるとこうなって、飲みにくくなります。焼酎を器に用意しておいて、血を注いでいけば、さらりと喉ごしのいい生き血になるんです。これを拵えたのはすっぽん料理をよく知らない人です。それもあたしがお教えしたので、旦那様ではありません」

楓はなぜか、悲しそうな目で、手にしているギヤマンの中の生き血を見つめた。

――楓さんは生き血と焼酎の混ぜ方を間違えた相手を知っているのではないか？　教えられていない、源吉さんが混ぜたのでは？――

「先ほどお理彩さんは、徳治郎さんと源吉さんは日を決めて、朝茶を飲みながら商いの話をしているようだとおっしゃっていました。朝茶ではなく、二人ですっぽんの生き血を飲んでいたのでは？」

「さっきは黙っていましたがそうだと思います。夏に道でおとっつぁんとばったり会った時、〝おまえが世話になってるんで断れず、四季屋のご主人のたっての頼みで、このところ、活《い》きすっぽんを届けている。今まですっぽんは料理に出していなかったそうで、人気の出る秋に備えたいと言ってたな。すっぽん屋の娘の癖にこんなざまかなんて、誹《そし》られねえよう、おまえ、しっかりお手伝いするんだぞ〟って。あたし、おとっつぁんが教えてくれるまで知らなかったんで、びっくりしました。旦那様が密《ひそ》かにすっぽん料理の修業をされてたなんて――」

「さぞかしすっぽん料理は奥が深いのでしょう？」

季蔵は一見岩か石のように見えるすっぽんの甲羅を頭に浮かべた。

――手強そうだ――

「すっぽんは旨味と滋養の塊です。その素材の良さを活かす料理なので、まずはすっぽんをよく知らなければなりません。ただし、苦みのある胆《きも》と臭みの強い尿を溜《た》める袋を、裂かないように気をつけて捌《さば》かなくてはなりません。苦みや臭みがすっぽんの肉に移っては、使いものにならなくなりますから。また、白くて美味しい脂身も意外に固い上に、つるつると滑るので、すっぽんに包丁を入れるのは、そうたやすくはなく、慣れと手際の要る仕事です」

「ようはすっぽん捌きには修業が必要ってえわけだね」

松次は念を押し、楓は頷いた。

――それで徳治郎さんは秋に向けて慣れておこうとしたのだろうが――

「もしや、徳治郎さんは魚や鳥の料理が得手だったのでは？」

季蔵は訊いてみた。

――これだけの料理屋の主ならば、たとえ、秋の新しい品書きに加えるすっぽんであっても、奉公している料理人の一人に任せれば済むことだ――

「旦那様は下拵え、味付け、盛りつけ、決して手を抜かず、料理のどれもが得手でした。それでも、味付け、盛りつけをしている時の旦那様の顔は修行僧みたいに厳《いか》めしくて、時々、つまらなそうにも見えました。片や、器用に魚や鳥を捌いている時は生き生きしていました。生き甲斐《がい》ややり甲斐を感じている顔でした。密かにきっと、すっぽん捌きも見事にこなされるようになっていたと思います。あたし、酔っぱらっている時の旦那様は好きではありませんでしたが、料理に熱心な姿はずっと敬っていたんです」

楓の声がくぐもった。

「そんな徳治郎はもういいねえ。あのお理彩は、わざわざすっぽんを取り寄せて、むずかしいすっぽん捌きを今からやろうってんだな。ってえことは、お理彩は弟のすっぽん修業に気がついてて、すっぽん尽くしを冥途《めいど》への餞《はなむけ》にするつもりなのさ。泣かせるね。こりゃあ、お相伴にあずからなきゃ、罰が当たるぜ」

松次は目を瞬かせながら、季蔵と楓を促して茶室を出た。

「お理彩さんがすっぽん捌きの修業をしていたとは聞いていませんが――」

季蔵は思わず口にしてしまった。

――いきなり、慣れが必要だというすっぽん捌きや料理ができるものか？――

季蔵は自分に置き換えてみても自信がなかった。

「お理彩さんなら大丈夫だと思います。あの人、実は真冬には――」

楓は声を低め、四季屋には裏の品書きがあり、毒を腹に持つゆえに、御法度になっている河豚《ふぐ》もその一つで、毒が移らないように捌いて下拵えするのは、お理彩の仕事なのだと続けた。

河豚捌きは季蔵も経験があるが、雌の子袋や雌雄の別ない胆等から、ほんの僅かでも、猛毒が白身の肉に移ると、たちどころに食べた者を死に到らせる。河豚の内臓を、傷つけないよう綺麗さっぱりと取り除くには、よほど巧みな包丁遣いが要求された。

第三話　かぼちゃ小町

一

「それからあたし、鯛《たい》や旬《しゅん》の魚の活《い》き作りもお理彩《りさ》さんに見せていただきました。素材に合わせた包丁選びも入念で、素早い包丁の動きに一つとして無駄はなくて、思わず見惚《みと》れてしまいました。首をすくめて、逃げ上手のすっぽんですが、お理彩さんが相手なら、すっぽんの方から俎板《まないた》に乗ってくれるかもしれません」

「徳治郎《とくじろう》さんは包丁の腕で、姉のお理彩さんに敵《かな》わなかったと？」

「ええ、まあ。それもあってか、お理彩さんは渡り廊下でつながっている離れに、姉弟《きょうだい》の厨《くりや》を別に造らせていて、河豚《ふぐ》なんかは、そこで誰にも見せずに捌《さば》いているとのことです。三つ違いの姉とはいえ、お理彩さんは女ですから、男の旦那《だんな》様を立てていたのだと思います」

「徳治郎さんがすっぽん捌きの修業をしていたのは、お理彩さんも使っていた離れの厨なのでしょうね」

念を押した季蔵《としぞう》に、

「あたしたちの目に触れないところというと、そこしかないはずです」

楓《かえで》は大きく頷《うなず》いた。

――お理彩さんは、徳治郎さんのすっぽん捌きの修業を確実に知っていたことになる
――

季蔵は確信を深めた。

四季屋《しきや》の自慢は料理だけではなく、手入れのよく行き届いた広大な庭である。

「こちらです」

楓は離れへと続いている小径《こみち》を歩き始めた。

――それにしても広い――

季蔵は何やら、胸騒ぎがして、遠くに見えているアオキの垣根の方を見た。

――これではよほど探しても、隠れているかもしれない源吉《げんきち》さんは見つけられないかもしれない――

この時、ひゅーっと風を切る音がした。

矢が射かけられ、季蔵は後ろから楓を庇《かば》って、一緒に前のめりの姿勢で倒れた。

矢は近くの銀杏《いちょう》の幹に突き刺さった。楓の首とほぼ同じ高さである。

――楓さんがあのまま歩き続けていたら――

季蔵は射かけた相手の腕前に戦慄《せんりつ》した。

しかし、それだけでは終わらなかった。

襤褸《ぼろ》を着た物乞《ものご》いの格好をして、頭巾《ずきん》をすっぽりと被《かぶ》った男が、季蔵に助けられて起き上がった楓めがけ、刀を頭上に振り上げて突進してくる。

咄嗟《とっさ》に季蔵は落ちていた小石を拾って、刀を持っている利き手めがけて投げた。

「うっ」

相手は刀を放り出して蹲《うずくま》りかけたが、

「野郎」

松次《まつじ》が十手《じって》をかざして飛びつこうとするのを躱《かわ》し、一目散に走り出した。松次が必死に追う。

しばらくして息を切らせながら戻ってきた松次は、

「何とも逃げ足の速い奴で見失っちまった。するすると塀を駆け上がってった様子は、猿みてえで、あれが噂《うわさ》に聞く忍びってもんじゃねえのか――」

悔しそうに洩《も》らした。

「大丈夫ですか？」

「ええ」

楓は弱々しく頷いた。

「何の騒ぎですか？」

藍《あい》地の結城紬《ゆうきつむぎ》の小袖《こそで》の袖を、渋茶の襷《たすき》で括《くく》ったお理彩が姿を見せた。

季蔵が今起こったことを話すと、

「まあ――」

お理彩は絶句して、

「それじゃ、楓もさぞかし胆《きも》が冷えたことでしょう。可哀想《かわいそう》に。料理はあたしに任せて、楓、あなたは休んでいなさい」

「ええ、でも――」

「それじゃ、運びだけ手伝って」

「わかりました」

こうして、二人はお理彩にすっぽん料理を振る舞われることになった。

三筆と言われている空海《くうかい》、嵯峨《さが》天皇、橘逸勢《たちばなのはやなり》の書が飾られている離れの座敷で、季蔵と向かい合った松次は、

「ここの立派なお座敷は結構だが、あんなことがあった後に、美味《うま》いもの食いもあったもんじゃねえやな。秋風がうすら寒いぜ」

首の後ろを撫《な》でて見せて、

「それに俺はすっぽんなんてもんは食ったことがねえんだ。亀《かめ》の仲間を食うなんて、よりによって亀だぞ、あんた――」

「そういえば、親分は庭の池で亀を飼っておいででしたね」

季蔵は大きな手水鉢《ちょうずばち》ほどの大きさの松次の家の池を思い出した。

「娘が嫁に行ってすぐ、盆月の頃だったが、どこからかやってきて棲《す》み着いたんだよ。おおかた放生会《ほうじょうえ》で放されちまったもんの、自分じゃ、餌《えさ》がとれなくて途方に暮れてたんだろうさ」

盆月の行事である放生会では、亀、鳥等の生き物を池や空に放して、生きとし生けるものの供養が願われる。

「うちに来た時は子亀だったんだろうが、餌がいいのか、これが年々、大きく育ってさ。亀は万年っていうから、俺にもしものことがあったら、季蔵さん、あんた、あいつ、亀一《かめいち》を頼むよ」

松次は目を細めた。

「生き血とお造りができました」

楓が一品目と二品目を盆に載せて運んできた。

――あれだけのことがあったのに、こんなに元気に振る舞っているとは気丈な娘だ。命を狙《ねら》われた怖さを、馴染《なじ》みの深いすっぽん料理で跳ね返せるのであれば――

季蔵はこの際、労《いたわ》りのまなざしを向けまいと目を伏せた。

生き血は脚付きのギヤマンに注《つ》がれていて、楓は皿と皿を合わせて刺身に蓋《ふた》をしている。ただし、どちらも一人分である。

「親分には火を通した塩焼きや鍋《なべ》、雑炊を美味《おい》しく召し上がってもらいたいんです。わかるんですよね。あたし、すっぽん料理屋の娘ですから。このお客さんは生き血やお造りは無理そうだとか、片や、並みの料理法では満足してもらえそうもない方だとかが――」

「わたしは後者の方だと？」

「言葉は悪いけれど、柳三《りゅうぞう》さんと同じで、すっぽんみたいに、料理ってものに食らいついて離さない人のような気がします。あたしには羨《うらや》ましいぐらい――」

「それでは柳三さんにあやかって――」

季蔵が早速《さっそく》、お造りの蓋を取ろうとすると、

「俺には見せてもくれるなよ、この通り」

松次が両手を合わせる仕種《しぐさ》をして見せ、

「それでは衝立《ついたて》をお願いします」

季蔵は屏風《びょうぶ》で仕切られた中で生き血と刺身を味わった。

「生き血は臭みもなく、ほんのりと甘くて焼酎《しょうちゅう》といい相性です」

屏風の向こうでは楓と松次が聞いている。

「お造りは思っていた通り、驚きの美味さです。胆を胡麻《ごま》油、塩でいただくのもいいですが、心《しん》の臓《ぞう》と、中を包丁の背でしごいて湯引きした腸《わた》、薄く削《そ》いだ足の肉を、添えてある生姜醤油《しょうがじょうゆ》でつまむのはたいした醍醐味《だいごみ》です。すっぽんの足肉は鶏肉《とりにく》に似ています、こりこりした歯応《ごた》えは特有でなかなかですね」

「いい加減、止《や》めてくれ、すっぽんがたいそう美味いものに思えてきたじゃないか。亀一が可哀想だ」

松次がひいと悲鳴に似た感嘆を洩らした。

塩焼きには火の熾《お》きた七輪が、松次と季蔵の前とに置かれた。

「焼いて召し上がってください」

七輪に丸網を載せた楓は季蔵に、皮がついたままのすっぽんのぶつ切りを並べた皿を渡した。

「えっ？　一緒じゃないのかい？」

屛風の向こう側の松次は心細げだったが、

「親分にはこちらを――」

屛風の後ろから出てきた楓に皿の中身を見せられて、

「何だ、鶏肉と変わんねえじゃないか」

ほっとため息をついた。

――松次親分用のすっぽんの身は、亀を思い出させてしまう皮を外しているのだろう

焼き上がる香ばしい匂《にお》いが部屋に立ちこめてきた。

ほどなくして、

「腹、空《す》いてきたよ」

松次は待ちかねている口調で、

「ちょうどいい焼き具合です」

楓が勧めると、

「それじゃ――」

箸《はし》を手にして口に運び、

「うーん」

しばし、押し黙った後、絶賛した。

「常々、鶏肉は美味いと思っていたが、こいつはそれ以上だ。もっちりしてて、ぷるっぷるで、もう最高だよ」

――次は鍋のはずだ――

皮つきの塩焼きを食べ終えた季蔵は屛風の外に出た。

「いかがでした？」

楓に皮つきの味を訊《き》かれ、

「塩だけでもいいですが、柚子《ゆず》か橙《だいだい》を搾って垂らしても、皮の脂とさっぱりと馴染んで、それもまた、おつな味なのではないかと思いました」

そっと楓に耳打ちした。

この後、屛風が片づけられ、季蔵と松次は並んで、それぞれの七輪の前に座った。

七輪に掛けられた小鍋には、昆布出汁《だし》が酒、醬油、塩で味付けされ、葱《ねぎ》、椎茸《しいたけ》、牛蒡《ごぼう》、人参《にんじん》等、すっぽんの身以外の具が皿に用意されている。

「鍋に入れて、他の具と合わせて煮るすっぽんの身は、お理彩さんが今、離れの厨で茹《ゆ》でているところです」

「鶏鍋と同じですね」

「ええ。ただし、すっぽんを茹でる時、鍋に水と生姜だけじゃなく、昆布を入れるのがお理彩さん流です。実家では昆布は使わず水と生姜だけですけれど」

「昆布を入れて茹でた方が、すっぽんにも、あっさりした旨味《うまみ》とこくが増すことでしょう」

「あたし、ここの調理場じゃ、鶏鍋の鶏の下拵《ごしら》えに昆布を使ってるって知った時は、ああ、そんなやり方もあるのかって、思っただけでしたけど、お理彩さんがすっぽんも鶏と同じようにしたのには驚きました。すっぽん料理を生業《なりわい》にしてる実家が気づかずにいた秘訣《ひけつ》ですもの。お理彩さん、凄《すご》い」

楓はすっかり感心している。

二

鍋と雑炊は楓だけではなく、厨から出てきたお理彩が菜箸やお玉を使って、手慣れた様子で給仕してくれた。

お理彩は季蔵の前に座った。

「茹でて脂抜きするのが鶏なら、すっぽんを茹でるのは、脂を固まらせるためなんだそうですよ。ねえ、楓、そうよね」

相づちをもとめたお理彩は、隣で松次の給仕をしているすっぽん料理屋の娘に、華を持たせるのを忘れていない。

「ええ――」

一瞬、楓の表情が陰ったような気がしたが、つるべ落としと言われる、すぐに闇《やみ》が深くなる、秋の夕暮れをとっくに過ぎているせいかもしれなかった。

「すっぽんの脂は臭みもなく、滋養も高いので、茹でて、柔らかくなったところで、こうして漉《こ》して鍋の出汁に混ぜるんです」

楓とお理彩はそれぞれ味噌《みそ》漉しを使ってすっぽんの脂を二人の鍋に漉し入れ、軽く醬油と塩で調味した。

この時、楓はどろりと固まりかけていた別の小鍋の汁を半量、松次の鍋に加えてお理彩に手渡した。

――ああ、これがあれか――

季蔵はすっぽんの甲羅だけを煮た出汁だと察した。先代長次郎《ちょうじろう》はすっぽん料理について、

「生き血だ、刺身だ、塩焼きだと言うが、すっぽんの醍醐味はやっぱり鍋さ。この鍋に欠かせねえのが、すっぽんの甲羅なんだが、亀好きは嫌がるだろう。聞いた話だが、すっぽんを薬の代わりに食わないと、病が進んで、今にも死んじまいかねない殿様がいたんだぞうだ。その殿様はお城の池で、沢山の亀を友達みてえに可愛《かわい》がってたんで、亀に似たすっぽんの姿は見せられねえ。でも、甲羅の出汁は滋養があって味もいい。それで仕方なく、

葱や椎茸等、他の具の上に甲羅を載せて、〝これは甲羅ではなく、へちまを干したものです。変わりへちまからはいい味が出ます〟と方便を言ったそうだ。殿様は亀の甲羅は見慣れていたが、へちまは見たことがなかったんで、〝ああ、そうか、なるほど〟と機嫌よくすっぽん鍋を召し上がられたとのことだとさ。わりに知られているすっぽん小噺《こばなし》だよ」

と話してくれたのを思い出したのである。

——松次親分にはこの方便は通じないから、徹して、すっぽんの姿を見せまいと気を配ってしてくれたのだろう——

葱や椎茸をぶつ切りのすっぽんと一緒に煮て供す際、脂だけ鍋に漉し入れる時には、皮はすでに、身から離してあったので、松次は気になる様子もなく、

「こりゃあ、まあ、何とぷるんぷるんで、口の中が踊り出したくなっちまう。やっぱり、たしかに鶏肉以上だ」

ふーふーと息を吹きかけながら、紅葉《もみじ》おろしと柚子味噌を薬味に平らげていった。

締めは雑炊である。

「もう、食えないよ、この通りだ」

松次は膨れた腹を押さえた。

「そうおっしゃらず、一口、二口は召し上がってくださいな」

微笑《ほほえ》んだお理彩は固めに炊いて、さっと水で洗い、笊《ざる》に上げた飯を楓に運んで来させた。

ぐつぐつと出汁が煮詰まっている、具の無くなっている鍋の中に入れようとして、

「これを」

楓が手渡した小鉢の溶き卵をもう一度、自分の菜箸で掻《か》き混ぜると、鼻を近づけ、

「この卵は一昨日仕入れたものでしょう」

と言って、相手が頷くと、

「今日、仕入れたばかりのものにしてちょうだい」

柔らかだがよく響く声で言った。

「はい、申しわけございません、只今《ただいま》――」

「とにかく早くお願い」

座敷を走り出た楓が、溶き卵の鉢を抱えて戻ってくると、さっきと同様の仕種を繰り返した後、

「いいわ」

お理彩は鉢の中身を半量ずつ、二人の鍋に回し入れ、ふんわりとしてきたところに、自分が用意してきた、細かく刻んだ浅葱《あさつき》と思われる、鮮やかな緑の色をぱっと散らした。

「すっぽん鍋は美味いもんだが、それ以上ってえのが、仕舞いに食う雑炊なんじゃないかと俺は思うね。これを食べた病人が元気になるのは、すっぽんの滋養のせいだけじゃなしに、たとえ、口が不味《まず》い病人でも、唸《うな》らせることができるほどの美味さだからだよ。こいつに比べりゃ、鹿《しか》、牛なんぞのももんじの薬食いなんぞ、病人にとっちゃ責め詮議《せんぎ》みてえなもんだろうよ」

またしても季蔵は長次郎の言葉を思い出している。

「親分、どうぞ」

雑炊の入った椀《わん》を手渡された松次は、

「まあ、ちょっとな」

箸で一口啜《すす》りいれたとたん、

「わっ」

金壺眼《かなつぼまなこ》が見開かれて、

「こりゃぁ、いったい、何なんだ。勝手に箸が動く」

あっという間に椀を空にした。

「まだ、沢山ございます」

楓はにっこり笑って給仕を続ける。

お理彩を前に雑炊を堪能《たんのう》していた季蔵は、

「この雑炊に使う卵は、産みたてでないと駄目ですか？」

訊いてみた。

「気がついているとは思いますが、淡泊にして上品なコクがあるすっぽん雑炊は、卵の風味が意外に際立つものなのです。風味の良さは、産みたてに敵いません」

「最後に散らしたのは浅葱ではないように思います。これもすっぽんの旨味や卵の風味を際立てていました。葱の一種だとはわかっているのですが、微《かす》かにニンニクの香りがして、芳醇《ほうじゅん》な酒のような甘さもあり――何という名の葱なのでしょうか？」

「エゾネギという名だと聞いています。以前、奥州《おうしゅう》からおいでになったお客様が持っていた種を譲り受けて、これも薄荷同様、秋冬でも青々とした葉が欲しいので、油障子で囲んだ中で育てています」

――この女《ひと》はさりげなく、凄い食材を集めて料理に使いこなしている――

季蔵はお理彩の料理に対する情熱に感心する一方、

――それなのになぜ――

心のわだかまりがますます重くのしかかってきた。

お理彩に命じられた楓が、胃の腑《ふ》や腸を元気にさせるというウイキョウの実を番茶と煎《せん》じた、食後の茶を運んできたところで、季蔵は覚悟を決め、お理彩に訊くべき言葉を口にした。

「あなたは茶室で日を決めて、弟さんと源吉さんが茶を点《た》てて、朝茶をしていたと言っていましたが、あれは朝茶ではなく、すっぽんの生き血飲みだったのではありませんか？

茶室の炉の灰の中に生き血の残りがありました」

お理彩は無言で季蔵から視線を逸《そ》らした。

「徳治郎さんがすっぽんを料理する腕を磨いていたことは、店の人たちは知りませんでした。ということは、店の調理場ではない離れの厨を使って練習していたことになります。すっぽん捌きは大ごとですので、常に離れの厨に出入りしている、あなたが知らないわけはありません」

「たしかにそうですね」

落ち着き払って応《こた》えたお理彩は顔色一つ変えず、

「弟が何に精進しているか、わかっていて、わからないふりをする、それがあたしと弟の呼吸でした」

穏やかな口調で続けた。

「それは徳治郎さんよりもあなたの方が料理の腕がよかったせいですね」

お理彩は頷く代わりに、

「おとっつぁんが生きていた頃、どうして、こんな入れ替わりが起きたのかと嘆いていました」

ふっと浅いため息をついた。

「生き血飲みのことも知っていましたね」

季蔵は念を押した。

「いいえ。弟はああいうものを好まないので、捨てているとばかり思っていました。すっぽん料理への精進は知っていて、生き血飲みの方は知らぬ存ぜぬでは通らないかもしれませんけれど――。他人前《ひとまえ》ではそこそこ気持ちの通い合う、仲のいい姉弟《きょうだい》のように見せていましたが、その実、仕事だけの関《かか》わりで、挨拶《あいさつ》さえも交わさない間柄でした」

お理彩は淡々とした口調で反論した。

「あなたがわたしのために拵えてくれたすっぽんの生き血は、さらりと喉《のど》ごしのいいものでした。なぜですか？」

この一瞬、楓の顔も身体《からだ》も硬直したのがわかったが、季蔵は見ないようにした。

「なぜも何も、すっぽんから搾り取っただけの生き血ですよ」

お理彩が口元だけで微笑んだ。

「それでは、茶室の炉の灰の中にあったものが、どうして、どろりとして飲みにくかったのでしょう？」

「それはすっぽん料理に通じていない者が拵えた生き血だからです」

「徳治郎さんにはこの楓さんが教えたと言っています。するとは源吉さんだけです。あれは大番頭の源吉さんの仕業だと？　源吉さんは、博打《ばくち》の借金の催促を矢のように受けていました。主《あるじ》の徳治郎さんにそれを咎《とが》められ、暇を出されかけて、かっとなり、腹いせに徳治郎さんを刺したのでは？　源吉さんなら、錠前が壊れていると知っている蔵まで走って、その包丁を隠すこともできます」

迫った季蔵に、

「わたしの口からは何も言えません」

お理彩はじっと俯《うつむ》いたままでいた。

三

姿を隠した源吉の行方《ゆくえ》は依然としてわからず仕舞いのまま、二人は四季屋を辞することになった。

楓が玄関まで見送りに来た。

浮かない顔がやや青い。

「あなたをこのまま、万年屋《まんねんや》までお送りします」

言い出した季蔵に、

「そうだな」

松次も相づちを打った。

「どうしてもここを出なければなりませんか?」

楓は泣き顔になった。

「あたし、まだまだ、お理彩さんのいるここで修業したかったのに――」

「それもまあ、あんた、命あってのもんだぜ」

松次は呆《あき》れ顔で、

「あんたにもしものことがあったら、万年屋のおとっつぁんがどんだけ気を落とすか――。何より、惚《ほ》れたこれだっているんだしさ――」

親指を立てて見せて、

「生きてりゃ、修業のほかにもいいことが目白押しなんだ。命だけは粗末にしちゃいけねえよ」

「行きましょう」

季蔵は楓を促して四季屋の暖簾《のれん》を潜《くぐ》り抜けた。

「よかった、今のところ、誰も追いかけてはこねえようだ」

松次は時折、背後を振り返った。

「お理彩さんはそんな人ではありません」

言い切る楓に、

「それでも、徳治郎のすっぽん料理熱を知ってたんだから、いい人とは言い切れねえよ。あの女、たしか、生き血は上手《うま》いこと拵えたんだったよな、季蔵さん」

念を押された季蔵は、

「ええ、ギヤマンに焼酎を満たしておいて、ぽたりぽたりと落ちる生き血を混ぜていったのでしょう」

「知らないふりするって言ってて、案外、徳治郎が生き血を搾るのを見てたのかもしんねえな」

「楓さん、そうなのでしょうか?」

季蔵の問いかけに楓はびくりと身を震わせた。

「お理彩さんは、いつ、生き血の上手い拵え方を知ったのですか?」

季蔵は問いを重ねた。

「もしや、旦那様から教わっていて、それで——」

しどろもどろの楓を、

「そいつはまずねえだろうよ。料理に限らず、腕や技を競う者たちに、姉も弟もあったもんじゃねえはずだから」

松次はじろりと見据えた。

押し黙ってしまった楓に、

「あなたは茶室の炉の中に、拵え損ないの生き血の入ったギヤマンを置いたのは源吉さんだと思いますか？」

季蔵は問いを変えた。

「それ、採り損ないの生き血を搾ったのは、大番頭さんか、どうかってことですか？」

「それも含まれます」

「少なくとも、生き血搾りをしたのは大番頭さんではないと思います」

「どうしてだい？」

松次は口調を強めた。

「大番頭さんは二代目が生きている頃から奉公している人で、帳場から出ないのが常でした。四季屋は代々、主が包丁をふるうこともあって、とかく、料理第一になってしまい、素材に凝りすぎて、採算がとれなくなり、潰《つぶ》れかけたこともあったそうです。急場を凌《しの》いで店を建て直した二代目は、大番頭は料理にも味にも暗くていいから、金勘定に明るい忠義者をと望んだのだそうです。そんなわけですので、飯炊きはもとより、魚を捌くのも気味わるがって、調理場に寄りついたことのない大番頭さんが、よりによって、三代目の徳治郎旦那のために、すっぽんの生き血搾りなぞするわけもないんです」

「徳治郎さんと源吉さんが日を決めて、茶室で朝、相談をしていたという話をほかの奉公人から聞いたことは？」

季蔵が確かめると、

「お理彩さんから聞いたという話を聞かされただけです」

楓はまたしても目を伏せた。

——そんな話、もともと根も葉もないのではないか？——

季蔵がその様子をじっと見つめていると、ほどなく顔を上げた楓は、

「お理彩さんに、生き血の拵え方を訊かれて、あたしが応えたのは、お二人が、臥《ふ》していたお理彩さんの部屋から出て、茶室へ向かったすぐ後でした」

きっぱりと言い切った。

——その後に拵え損ないの生き血が茶室で見つかって、あろうことか、楓さんが命を狙われたのだった——

「よく話してくれたな」

松次は背中を震わせ、声を殺して泣く楓を労った。

「どうするね？　万年屋に送り届けてもいいが、柳三と一緒の方が心強かねえか？　四季屋やお理彩と関わって、積もる話もしたいことだろうし——」

「それでは今夜のところは塩梅屋《あんばいや》に来てもらいます」

楓は塩梅屋に泊まることになった。

すでに、夜四ツ（午後十時頃）の鐘が鳴り終わっていて、塩梅屋の暖簾は下され、三吉《さんきち》の姿はない。

案じていて、事情を聞かされたおき玖《く》は、

「よかった、もう大丈夫よ。柳三さんと心ゆくまでお話しなさいな」

楓ににっこり笑いかけて離れへと案内して店に戻ると、

「今日はここで見張らせてもらうよ」

松次はどっかりと床几《しょうぎ》に腰を下ろして、季蔵が勧めた甘酒を啜っていた。

「わたしも親分におつきあいします。お嬢さんはお休みください」

「それじゃ、ごめんなさい、お先に」

おき玖は二階へ上がって行った。

この後、松次は甘酒の代わりを続け、

「美味いすっぽんを腹一杯食ったってえのに、どうも、腹の虫の落ち着きが悪いんだよ。小腹が空いてるのとも違う、ただし、ここいらはもやもやしてる――」

胸に人差し指でぐるりと輪を作って見せた。

「実はわたしもです。何だか、すっきりしなくて。こんな時はこれに限ります」

季蔵は買い置いてあった南瓜《かぼちゃ》の皮を剥《む》き始めた。縦半分に切って種を取り、大ぶりのざく切りにして、柔らかくなるまで鍋で茹でる。

これをすり鉢であたって、白砂糖と少々の塩で調味し、形を長四角にまとめて寝かせる。

「何ができるんだい？」

身を乗り出した甘党の松次にとって、南瓜は好物の一つである。

「それは出来上がってのお楽しみとして、親分の胸のもやもやを聞かせてください」

「茶室の炉のギヤマンの生き血は、焼酎との合わせ方を知らなかったお理彩の拵え損ないで、あの女は、誰が拵えたか俺たちに悟られる前に、雇っておいた奴に生き証人の楓を始末させようとした。ここまでは明々白々だ。だが、お理彩は、知らぬ存ぜぬで惚《とぼ》け続けるだろうよ。楓だって、お理彩が生き血を拵え損ねるのを見たわけじゃあねえんだから——。実は源吉にも、隠してはいたが、料理の趣味があったんだとでも、お理彩が言い出せばそれまでだ。源吉が行方をくらませちまってる以上、自分から逃げるのは下手人の証《あかし》で、お理彩の言うことはもっともだってことになって、あの女は何くわぬ顔で四季屋の女将に納まるだろう。腕よし、器量よしは結構だが、俺は何とも合点が行かねえのよ」

「わたしも同じですが、お理彩さんに源吉さんが手を貸していたと考えれば、なるほどと頷けなくもありません」

「あんな一分の隙《すき》もねえ別嬪《べっぴん》がただの白ねずみに惚れるものかねえ」

松次は首をかしげた。

「おそらく、源吉さんは博打の借金の話を徳治郎さんに打ち明けて、許しと融通を願い出るためにに、茶室で会うことになっていたのではないかと思います。楓さんの話によれば、徳治郎さんも博打好きだということでしたから、賭《か》け事に取り憑《つ》かれる者に理解があり、烈火のごとく怒って、暇を出すようなことはあり得なかったはずです。源吉さんもそうとわかっていて、話すことにしたのでしょう。ところが、この時、先に来ていたお理彩さんが弟の徳治郎さんを殺すところを、奇《く》しくも見てしまいました。源吉さんが茶室を訪れて、徳治郎さんの骸《むくろ》だけを見つけたように、皆に告げ、お理彩さんを庇ったのは、以前から、お理彩さんへの想《おも》いが深かったゆえでしょう」

「ようは、お理彩は白ねずみの恋心に付け込んだってことだな」

「お理彩さんのような女は、常に何やら全身から、後光に似て非なる力を滲《にじ》み出させています。あんな酷《ひど》い目に遭わされたというのをわかっていて、楓さんは土壇場まで、必死にお理彩さんを庇い続けました。おかしなことです。あえて、自分からああしてくれ、こうしてくれと言葉にしなくても、思い通りに相手を動かしてしまう、不思議にして邪悪な力の泉を備えているのです」

――あの女の秀でた料理力も、元は同じ泉から湧《わ》き出たものだったのだろうが――

ここで何とも、複雑な想いに陥った季蔵は言葉を切った。

四

「お理彩が殺しに使った包丁を、錠前の壊れている蔵に隠したのを庇ったのは源吉だな？」

「錠前の壊れている蔵ならば、疑いは自分だけに掛からないと源吉さんは判断したのでしょう」

「下手《へた》の考え休むに似たりだったわけだな。ところで、何のためにお理彩は、生き血の入った脚付きのギヤマンを、茶室の炉の中に置いたんだい？」

「女好きだった徳治郎さんは、楓さん以外にも、目に止まった女奉公人を口説くことも多かったと思います。それを知っていたお理彩さんは、殺しの下手人を、徳治郎さんと深く関わった店の女たちに向けようとしたのではないかと思います」

「なるほど、徳治郎の隠れすっぽん料理修業を知らされて、手伝ったりするとしたら、ねんごろな間柄の奉公人女ってことになるわな。けど、それだと――」

松次はふーとため息を一つついて、

「万年屋のあの娘が一番先に疑われるぜ。何せ、実家はすっぽんの玄人《くろうと》なんだし。素人が拵えたように見せかけることだってできるだろうし。あんなに慕ってるっていうのに、お理彩は酷いことを仕組んだもんだ。人じゃない、鬼だよ」

憤懣《ふんまん》やるかたない表情で歯ぎしりした。

「茶室の生き血は、万年屋からではなく、露店のすっぽん売りからでも買って、周到に用意したものでしょう。ところが、思いがけず源吉さんに見られてしまった。神様は鬼の鉄面皮が許せなくて、源吉さんに殺しの場を見せたのかもしれません」

「それでも、お理彩は源吉を下手人に仕立てあげて、神様の計らいに挑みかかったじゃないか。源吉に姿を隠させたのもお理彩の仕業か?」

「おそらく」

「おおかた、〝あたしも後から追いかけるから、あんたは先に〟なんて、上手いこと言って操りやがったんだろうよ。それでいずれは――。ややや っ、こりゃあ、抜かった。そうなると、源吉は、お理彩に口封じに殺されるかもしんねえ。四季屋で見張ってて、後を尾《つ》行《け》てさえいれば――」

秋だというのに松次は額に玉の汗を噴きださせた。

「四季屋はあの広さです。お理彩さんに源吉さんを殺す気があれば、とっくに始末して隠してしまっているはずです。それにあそこは、お理彩さんが雇い入れたとしか思えない、殺し屋たちが出入りできるわけですから――」

「よし、夜が明けたら四季屋の庭を調べ尽くす。いや、蔵や部屋、押し入れや床下もだ。この一件、俺に任しといてくれ」

松次はどんと自分の胸を叩《たた》いて見せた。

「親分が頼りです、よろしくお願いします」

季蔵は相づちを打ったものの、

――四季屋は八百良《やおりょう》の料理に飽きた大身《たいしん》の旗本や幕府の御重臣方も立ち寄ることが多いと聞いている。お理彩さんは今晩のうちにも、懇意にしている方々に、金子《きんす》を添えた文をしたためて、主四季屋徳治郎殺しは、行方知れずの大番頭源吉の仕業にしてしまうのでは？　そうなれば、四季屋はお理彩さんのものだ――

松次の意気込み通りに運ぶとは思えず、

「夜が過ぎてきて、しんと冷えてきましたから、そろそろいいようです」

話を転じた。

四角い形にまとめた潰し南瓜を俎板に載せて、包丁で親指の爪ほどの厚みに切り分けていく。切り分けた形もまた四角であった。

「これの秘訣は、切り分ける時やや固いと感じるくらい、潰してまとめた南瓜を冷やすことなのです」

鉄鍋に菜種油を引き、切り分けた潰し南瓜に、小麦粉、水、菜種油を混ぜ合わせたものをまぶし、菜箸を使って、一面ずつ六面を二回ずつ、焦げすぎないように注意しながらじっくりと焼き上げる。

「おっ、南瓜の金鍔《きんつば》じゃないか」

松次が言い当てて、

「道理で形が命のはずだ」

うれしそうに続けた。

「どうぞ」

季蔵が勧めると、

「あっちち、これもまたいいねえ。金鍔は舌が火傷《やけど》するほど、あつあつじゃなくちゃ」

松次は金鍔から一旦離した指で耳たぶをつまんだ。

再び、松次は指で金鍔を摘《つま》んで口に入れると、

「あっち、あっち、あっちち――」

ふっふっふと笑い声に似た息を洩らした。

四季屋の主殺しは季蔵の危惧《きぐ》とは異なって終結した。

翌日、北町奉行所に投げ文があった。文は以下のようなものであった。


行方知れずの大番頭源吉の骸は四季屋にある。離れ近くの氷室《ひむろ》を探されたし。ただし、四季屋徳治郎を殺したのは源吉ではない。一刻も早く真の下手人を見つけよ。


早速、町方は大挙して四季屋の調べに乗りだした。意気込みだけで終わらなかった松次は、晴れた顔で、

「とうとうやったよ」

季蔵のところへお理彩捕縛の報を告げに訪れた。

大番頭の源吉はその首に、お理彩のものと思われる、紫の濃淡の組紐《くみひも》を巻き付けていたのである。

「奉行所の医者の話じゃ、死んだ理由は酒に混ぜたらしい、烏頭《うず》の毒だってさ。その上、首を絞めたってえのは、念の入れすぎで、ったく、どこまで怖い女なんだか――」

瓦版屋は稀代の悪女とお理彩を決めつけて、この事件についてあること、ないことを書き立てて、市中に喧伝《けんでん》した。

それでも捕縛されたお理彩はすぐには詮議とならず、小伝馬《こでんま》町の揚り座敷に囚《とら》われの身となった。

一般の女牢から隔離されている揚り座敷は牢屋敷北側裏門近くにあり、旗本お目見得以上、身分の高い神官、僧侶のための獄であったが、どうしたものか、お理彩もそこに入牢《じゅろう》した。

「あの女、弟や長年忠義を積んだ大番頭を手に掛けたってぇのに、往生際悪く、いけしゃあしゃあと揚り座敷に居座ってんだそうだ」

「持ち前の器量で、お上まで誑《たぶら》かしてて、こっそり打ち首を逃れ、死んだことにさせる、そして、どこぞのお偉方に囲われるんじゃないかって話、どっかで耳にしたぜ」

「まさか。それじゃ、殺された奴らはどうなるんだ？　神も仏もないじゃないか？」

市中の者たちは口さがなく、お理彩の行く末を噂《うわさ》した。

自害が伝えられたのは、お理彩が揚り座敷に囚われてから十日ほど後のことだった。

夜更けて、季蔵は烏谷《からすだに》に小伝馬町牢屋敷まで呼ばれ、息絶えているお理彩の骸を見せられた。

畳の上には紅葉《もみじ》が描かれている、見事な漆塗りの重箱が置かれていた。酒器も同様に漆塗りで、やはり紅葉が散っている。

うつ伏せに倒れているお理彩の握っている右手を開かせてみると、包んでいた赤い紙と烏頭の粉末が残っている。烏頭はお理彩が源吉殺しに用いたとされている猛毒であった。

お理彩の左手は重箱や酒器と揃《そろ》いの盃《さかずき》を手にしていた。

「盃に酒は残っていない」

烏谷は内側に紅葉が描かれているせいで、底に紅葉が沈んでいるように見える盃と薬包を指さして、

「牢医なら、これでただちに自害と決めつけるであろうな」

烏谷は試すような目を季蔵に向けた。

――給仕をしてくれた時のお理彩さんは右手の箸使いだった――

「盃を持つ手が違うように思います」

言い切った季蔵はさらに、

「仰向《あおむ》けにさせてください」

「よかろう」

お理彩の骸が上向きにされた。

その死に顔は眠ってでもいるかのように穏やかだった。

季蔵は口元や胸元を注意深く見て、

「苦しんだ様子も嘔吐《おうと》の痕《あと》もありません」

「そうよな」

烏頭を過多摂取すると、まずは嘔吐し、呼吸困難に陥って、即刻、死に到る。

「となると、これか？」

無言で頷いた季蔵は屈《かが》み込むと、紅葉柄の重箱の蓋を開けて、一の重から三の重までを並べた。

一の重には栗《くり》の甘煮、煮松茸《まつたけ》、焼き甘鯛とこの時季の逸品が、二の重には、梅干しや切り干し大根の煮付けの他に、豆腐とこんにゃく、山芋、牛蒡《ごぼう》の煮物、蜆《しじみ》の和《あ》え物等のありふれた普段の菜が、三の重にはふっくらとした卵焼きだけが切り分けられて、たっぷりと詰まっている。

「料理屋と煮売り屋、家々の料理が思いつきで詰め込まれている、おかしな好みの重だな。それとも、この重を届けた者は、お理彩の好物にくわしかったとか——。名の知れた料理屋を切り盛りしていた者とて、店で出す気取った料理ばかりが好きだったとは限るまい」

烏谷の言葉に、

「このお重はお理彩さんの好みなど全く知らぬ者の差し入れです。とはいえ、ただの思いつきでもありません。旬の逸品から、ありふれた菜、それに嫌いな者は少ない卵焼き——ここまで広く集めれば、誰でもどれかに箸を付けたくなるはずです。たとえ、食や料理にうるさいお理彩さんであっても——」

「そちはこの重に烏頭ではない毒が仕込んであったと言うのか？」

「はい、たぶん」

「だが、この重には手が付けられておらぬぞ？」

　烏谷は隙間なく食べ物が詰められている、重箱をじっと凝視した。

五

「他はびっしりと詰まっているのに、ここにだけ少し隙間がございます。お理彩さんが口にしたのではないかと――」

「いや――」

　季蔵は三の重の並んでいる卵焼きの二列目中ほどを指さした。

「一見してはわからぬのは、食べたお理彩が毒死するのを見ていた下手人が、重には手をつけていないよう、工夫したせいだというのか？　お理彩が差し入れの重に仕込まれた毒で死んだのではなく、隠し持っていた烏頭を呷《あお》ったと見せかけるように――」

「箸もございません」

「添えてあったに違いない箸も一緒に持ち去ったのだな」

「ええ――」

「これは自害ではなく、殺しよな」

　念を押した烏谷はかっと大きな目を見開いた。

「はい」

「だとしても断じて口外はならぬぞ。重箱を差し入れた者の名は記されているだろうが、調べても無駄だろう」

烏谷はぴしりと言い切った。

——わかっております——

季蔵は無言で頷き、言葉にしなかった。

——今、市中は四季屋で起きた二件の殺しの噂でもちきりだ。この上、捕縛した罪人が何者かに殺害されたとあっては、真の下手人は他にいるのではないかということになって、何を手をこまねいているかと奉行所に噂の石つぶてが飛ぶ。お上の威信が脅かされる——

「それを見よ」

烏谷はお理彩の体の脇から、覗《のぞ》いている文へ顎《あご》をしゃくった。

——またしても——

季蔵はこの時、米沢屋《よねざわや》の家作で自害を装って殺されていた、お連《れん》もまた文を遺《のこ》していたことを思い出していた。

お理彩の文には以下のようにあった。


あたしは四季屋徳治郎と大番頭の源吉を手に掛けました。ですから、あたしが死罪になっても悲しむことはありません。当然の報いを受けるだけなんですから。

徳治郎とは血のつながらない姉弟でした。徳治郎を生んですぐ女房に死なれた二代目は、しばらく悲しみに暮れた後、遊女だったあたしの母に入れあげ、身請けする折に、連れ子のあたしも引き取ってくれたんです。

二代目は江戸一とされている八百良に追いつけ追い越せと念じて商いに精進していました。それで、四季屋の女将が遊女あがりでは体裁が悪いということになり、母は徳治郎の母親が生きている頃からつきあいのある、浪人の娘で、江戸の遠くに住んでいたことにされました。あたしについては、皆、長いつきあいの間に、二代目と母との間に生まれていた娘だと思い込んでしまったようです。

こうした秘密が重すぎたのか、母は四季屋に入ってほどなくして亡くなり、年頃になると、互いに血のつながりがないとわかっているあたしと徳治郎は、密《ひそ》かに恋仲になりました。

「またしても秘密が増えたわけだな」

烏谷も季蔵の背後から文に目を落としている。

文は続いていく。

ところが、気づいた二代目に〝跡継ぎの嫁が遊女の子では困る、分を知れ〟と叱《しか》られました。あたしが絶望して、川に身を投げようとした時、徳治郎が追いかけてきてくれて、〝俺にとっては女は生涯姉さん一人だ、姉さんがいなくては跡など継げない〟と言って抱きしめてくれました。

する と、二代目が〝おまえの料理の腕が徳治郎など足元にも及ばないことは知っている。だから、おまえがそれほど徳治郎を想っているのなら、命ある限り、黒子に徹して、徳治郎とこの四季屋を盛りたてるのだ、いいな〟と言い、以後、あたしはその通りにしてきました。

徳治郎さえ、あたしを裏切って、二代目が生きている時に、密かに決めていた相手と、祝言を挙げるなどと言い出さなければ、あたしは今も黒子で満足していたはずです。

今まであたしは何のために、誰のために生きてきたのかと、どうしてもこれだけは許せなかった——。そして、それならいっそ——と馬鹿なことをしてしまったんです。

源吉には悪いことをしました。罪のない源吉を手に掛けてしまったのは、〝姉さんももういい年齢《とし》なのだから、源吉の気持ちをわかってやっちゃどうです？　二人は似合いですよ〟という、徳治郎の心ない言葉ゆえですが、そんなことを言っても罪は消えません。

最後に徳治郎が当たり前のように渡せとあたしに迫っていた、料理日記を、知らずに酷いことをしてしまい、謝らなければならない楓に託します。

これは離れの厨の天井裏に隠してきました。楓、あなたなら、きっと立派な女料理人になるのも夢ではありません。

黒子で終わったあたしの分も頑張って夢を叶《かな》えてください。

理彩

楓へ
「この文はお上にではなく、楓さんに宛《あ》てたものです」

——お理彩さんを殺した下手人は、これは使えると見て残していったのだ。何という奸《かん》智《ち》——

「楓とは？」

季蔵は楓との縁やこれまでの経緯《いきさつ》を烏谷に話した。

「そうであっても、罪は認めている。自害の覚悟を記したものと見なしてよかろう」

烏谷はお理彩の文を袖にしまうと、

「これにて四季屋殺しは落着とする。四季屋の離れの厨にあるという、お理彩の料理日記は探し当てて、楓という万年屋の娘に届けるゆえ案じるな」

と告げた。

お理彩の遺した楓への文はどこをどう廻《まわ》ってか、瓦版に書き立てられることとなり、市中の誰もがこれを読みたさに買ったので、この時の瓦版は飛ぶように売れた。

「それにしても、ああしておいてよかったわね」

早速買ってきたおき玖は楓の文字の代わりに、某女と書かれている箇所をまじまじと見ている。

楓からくわしい事情を聞いた万年屋の主は、

「よし、まずはうちへ戻って来い。楓と一緒にうんと修業させてやる。しばらく、万年屋で、すっぽん以外の料理を作ってみろ。そいつが評判を呼んだらいずれ暖簾を分けてやる。万年屋は楓の兄が継ぐことになってるが、すっぽん以外の料理も出せる料理屋が、万年屋の親戚になるのも悪くない」

剛気にそう言って、楓と柳三を万年屋に連れ帰った。そして、お理彩の料理日記と一緒に渡された文に、自分の娘の名があるとわかると、

「こいつだけはちょいと困る。人の口ほど怖いものはねえからな」

すっぽん好きの瓦版屋の元締めを訪ねて、

「どうか、娘の名だけは書かないでほしい。今は娘と婿になる男を、料理修業だけに精進させたいんで」

すっぽん尽くしを振る舞いながら、頭を下げ続けた。

おき玖はその経緯を楓から聞いて知っていたのである。

「お理彩さんの一生に女としての報いはなかったけど、料理日記が無事、楓さんのところへ納まったのは救いね」

切なげな口調のおき玖に、

「楓さんに託した料理日記を通して、お理彩さんはずっと生き続けるような気がします」

季蔵はしみじみとした口調で応えた。

「そういえば、おとっつぁんの書き遺した料理も、ことあるごとに、季蔵さんを通して──」

おき玖が鼻を詰まらせると、

──もしや、料理の継承は、血縁さえも超える強い絆《きずな》になり得るのかもしれない──

季蔵の感慨はさらに深くなった。

その翌々日、八丁堀の伊沢《いざわ》蔵之進《くらのしん》より文が届いた。

急ぎ来たれし、あま干し柿《がき》の件。

蔵之進

「少し出てきます」

季蔵は仕込みの続きを三吉に任せて、多目に拵えた南瓜の金鍔を重箱に入れて塩梅屋を後にした。

秋風がすでに肌寒く感じられる。

「お邪魔します」

玄関で声を掛けると、

「おう、入ってくれ」

待ちかねていた蔵之進の大声が聞こえた。

「何か、あま干し柿に大事がありましたか？」

季蔵はそう言いながら、廊下を進み、軒下を見た。紐で吊《つる》してあったはずのあま干し柿の姿は影も形も無い。

「まあ、見てくれ」

蔵之進が座敷から手招きした。

ひんやりとした冷気が頰《ほお》をかすめる部屋の中に木箱が幾つか並んでいる。

「これに入っているのは、どれもあま干し柿だ。食べてみろ」

蔵之進は別に除《よ》けておいたあま干し柿を季蔵の手に握らせた。

柿色のまま萎《しぼ》んだあま干し柿は、触れると弾力が少しあって、そのまま口に含むと、とろりと甘かった。

「美味しい」

——風味というか、香気が素晴らしい。熟柿《ずくし》は、実が口の中で溶けてしまうほど柔らかなので食べた気がしない。歯触りがほどよくあって、餅《もち》菓子のような食べ応えではこちらの方が勝っている——

「ここへ太郎兵衛《たろべえ》長屋の人数分は取り分けて詰めてある。まだ沢山あるぞ。塩梅屋に来る客の分までありそうだ」

「是非、よろしくお願いします」

季蔵は喜《き》平《へい》や辰吉《たつきち》、勝二《かつじ》等の客たちの顔を思い出して笑みがこぼれた。

六

あま干し柿は木箱に詰められているだけではなく、筵《むしろ》が敷かれ藁《わら》が載せられた座敷にもずらりと並べられている。

「養母《はは》の〝あま干し柿日記〟によれば、このあま柿をさらに乾かすと、濃い褐紫色になり、表面に白い粉が噴き出て、日持ちがして甘さの増した干し柿ができるそうだ。これを使ってさまざまな料理ができるとも書いてあった。塩梅屋で作って食べさせてくれるのなら、ここで乾かしているあま干し柿が出来上がったら届けるが――」

「もちろんでございます」

「ならば、これはひとまず、そっちへ渡しておこう」

蔵之進は〝あま干し柿日記〟を季蔵に手渡した。

――ああ、これも血縁のみならず、生死を超えた料理の絆だ、料理力だ――

「ありがとうございます」

季蔵は頭《こうべ》を垂れて恭しく受け取った。

「ところで、何だ？　それは？」

蔵之進の目は季蔵が持参した、風呂敷に包まれた重箱を見逃していない。

「忘れておりました。まずは七輪に火を熾《おこ》させてください」

「あつあつでないと美味ではございませんので」

「大ごとだな」

「へえ」

季蔵は手際よく熾した七輪の火で、南瓜の金鍔を、皮の部分は焦げすぎないように気をつけて、遠火で炙《あぶ》って温めると、小皿に移して蔵之進に差し出した。

手づかみであっちち、ふうふうと洟らしつつ頬張った蔵之進は、

「舌が火傷しそうだが、美味い‼」

感嘆した後、

「それにしても南瓜の金鍔とは——。南瓜、これは何やら、不思議な縁だ」

不可解な物言いをした。

「茶を淹《い》れましょう」

——そろそろ、本題に入られるはずだ——

季蔵は七輪の丸網を取り除《の》けて、代わりに薬罐《やかん》をかけた。

「南瓜で気にかかっていることがあるのだ」

季蔵は当然、蔵之進がお理彩の一件について、思うことを口にすると予期していたのでやや当惑した。

「先ほどおっしゃった、南瓜にまつわる不思議な縁のことでございますか？」

「そうだが、なにぶん、十年も前の事件ゆえ、退屈だったら止《や》めておく」

「いいえ、どうか、お話しください」

「三十間堀《さんじっけん》の青物屋の娘のり江《え》は小町と評判の器量好《よ》しだった。ただ綺麗《きれい》なだけではなく、なかなかの親孝行、商売熱心で力仕事も厭《いと》わず、昼過ぎて、残った店の青物を売り歩いていたという。その様子は、花魁《おいらん》道中をもじって、のり江道中とまで言われていた。道行く男たちの中には思わずのり江に見惚れて、ふらふらと後をついていく者が後を絶たなかったからだという。俺とて、町中でのり江に会うと、目を合わせられないほど目映《まばゆ》かった。のり江は南瓜小町とも称された。〝かぼちゃぁぁ──、かぼちゃぁぁぁ、なんきん、なんきん、なんき、やっぱり、かぼちゃぁぁぁぁ、でも、やっぱり、なんきん、なんき、なんき〟と唱《うた》うような売り声もまた、天女のように澄んで美しかったからだ」

　そこで蔵之進は一度言葉を切った。

「そののり江さんは今どうして？」

「生きていたのは十八歳の秋までだった。殴り殺されて堀端に捨てられていたのだ。脇には売り物の南瓜が一つ置かれていた」

「下手人は見つかったのですか？」

「いや。南瓜小町殺しが市中の噂になったのは、しばらくの間だけだった。これは南町が当番月の時起きたものだったが、四十九日を機に詮議は打ち切られた」

「けなげに家業を助けていた、孝行娘の身に起きた悲運で、下手人が野放しになっていていいわけがありません。その頃には御養父の真右衛門《しんえもん》様も御存命で、あの方があっさりとに不本意を口にしていた。季蔵は首をかしげた。

「養父《ちち》は時折、〝これは理不尽に過ぎる〟と洩らして、詮議を打ち切られた不本意を口にしていた。この時もそんな言葉を吐いていたように思う」

「それでは、やはり、密かに御自分だけで調べを続けられたのですね」

悪行は徹して許さない真右衛門は、たとえ上から詮議無用と言い渡された事件でも、思うところがあると、蔵之進と力を合わせて、こつこつと丹念に調べ続けてきていたはずであった。

「もちろん。それに南瓜小町殺しは下手人の見当がついていた」

「そのお話をお聞かせください」

「花のように美しく、蝶《ちょう》のように華やかなのり江は、白金屋《しろがねや》の若旦那だった竹右衛門《たけえもん》に見初められて祝言の日が迫っていた」

「白金屋さん？　京橋《きょうばし》南にある、あの金銀箔《はく》屋の白金屋さんですね」

「そうだ。のり江の店は裏店《うらだな》でささやかに青物を商うだけだったから、話だけ聞くと、これはたいそうな玉の輿《こし》だが、のり江の両親《ふたおや》は実は娘の行く末を案じていた」

「充分にはできない嫁入り支度のことですか？」

「のり江は祝言が決まっても、最後の親孝行だからと、棒手振《ぼてふ》りを止めない負けん気の強い娘だ。大店の娘のような嫁入り支度ができなくても、恥ずかしいなどとは少しも思わないと、日頃から言い切っていた。両親が案じていたのは、祝言が近いというのに、襷掛けをした時に見え続けている、二の腕や手首の痣《あざ》だったという。また、竹右衛門とつきあいをはじめてからののり江は、楽しみだった湯屋に通わなくなり、寒い時でも、行水で済ませていて、ある時、偶然、覗き見た母親が娘の背中や腹、太股《ふともも》に付いていた無数の打ち身や傷痕に胆を潰したそうだ」

「相手に折檻《せっかん》されていたと？」

「そうとしか考えられない」

――思い当たる奴がいた――

この時、季蔵はかつての主鷲尾《わしお》影親《かげちか》の嫡男影守《かげもり》が、女たちを折檻して楽しむ性癖を持っていた事を苦く思い出していた。

――もしや、瑠璃も酷い目に遭わされて、それもまた、辛《つら》い記憶になってしまっているのでは――

「養父は竹右衛門が時折、足を向ける岡場所を調べた。折檻遊びをしているのなら、店に聞けばわかるはずだからだ。一番の嫌われ者だからな。ところが、岡場所での竹右衛門は極めて大人《おとな》しい上客で通っていた。竹右衛門ののり江への折檻は遊びではなかったのだ。己の心深くに巣くう憤懣《ふんまん》を制することができず、心が通じあっていて、最も信頼しあっているはずの相手に、折あるごとに向けてしまう。養父は遊びならばほどを心得ていようが、そうでないとすると、たしかに、両親たちが案じたのも頷けると合点した」

――今は影守の性癖を、ただの折檻遊びだったと信じよう――

「竹右衛門は当然、詮議を受けたのでしょうね？」

「白金屋まで出向いて、当人の話を聞いただけだった。のり江が殺された夕方から夜にかけては、弟の梅次《うめじ》、のり江の友達のあさ代《よ》の三人で、向島《むこうじま》の寮で酒盛りをしていたと竹右衛門は話した。そこには、のり江はいなかったそうだ。もっとも、あさ代は、のり江の代わりに玉の輿に乗って、今は竹右衛門の女房になっている」

「それでは、竹右衛門がのり江さんを殺せなかったとは言い切れません」

「養父も同感だったろうが、なぜか、これが竹右衛門が潔白だという、確たる証と見なされた。後はどこをどう探そうが、怪しい者など出てくるはずはなかった。これ以上、詮議を続けたいと言い通せば、無実の者が根も葉もない偽りの証で、首を飛ばされるかもしれないと、養父は懸念して、詮議打ち切りに同意したのだろう」

「それから、この件についての調べはどのように？」

「竹右衛門、梅次、あさ代の三人が向島の寮に居たという証は、近くに住む、おでいという寮の下働きが立てた。三人は朝まで飲み明かしていたと言い切ったのだ」

「おでいさんだって、白金屋の奉公人の一人です。口裏を合わすよう言い含められているのでは？」

「それは養父も深く怪しんでいた。嫌な顔はされていたようだが、しばしば、おでいの住まいに立ち寄っていた。だが、何遍訊《たず》ねても、自分の話したことに違いはないと言い張っていたおでいが、つい何日か前にここへ訪ねてきた。養父の位牌《いはい》に線香を上げさせてほしいという。げっそりと痩《や》せて窶《やつ》れたおでいは、重い病に罹《かか》っていて、もう余命いくばくもないのだと俺に言った」

――もしかして、おでいさんは今までの話を翻すつもりで訪れたのでは？――

「おでいはこう話した。〝病気がちだったおっかさんも笑って死んで、いい往生だったし、独り身のあたしも年だからさ、もう思い残すことはないよ。あたしんとこに来る時には、必ず、おっかさんとあたしの大好きな餅菓子を土産に持ってきてくれた伊沢の旦那が、死んだって、遅ればせに聞いて、生きているうちにこれだけは、と思い、こうして来たのさ。そうしなきゃ、冥途《めいど》で伊沢の旦那と合わせる顔がない。ほんとを言うと、あたしは病のおっかさんの薬代欲しさに、先代の旦那様に金を渡されて口止めされ、ずっと嘘《うそ》をつき通していたんだ。あたし、あの夜、見たんだよ、裏庭で言い争う声がして、ばしんばしんと叩く音が続いてた。怖かったけど、そおっと覗くと、暗がりの中に立っている人影があって、もう一人が倒れてた。後のことは知らないけど、次の朝、野良犬が土の上を嗅《か》ぎ廻ってて、鼻先に血がついてたよ〟と」

「おでいさんは誰が誰を殴りつけていたかまではわからなかったのでしょうか？」

「暗くてそこまでは見えなかったという」

「ところで、のり江さんを殴り殺すのに使われた道具はわかっていますか？」

七

「竹刀《しない》で頭、腹を強く繰り返し打たれて、死に到っている」

「剣術を習っていたのは、兄弟のうちどちらです？」

「竹右衛門、梅次とも道場通いをしていた。一汗掻いた後、勢いで向島まで足を延ばし、勝手気ままに酒盛りをしていたらしい」

「どちらかの竹刀が失《な》くなっていたというようなことは？　まさか、それさえ追及せずに調べを終えたわけではないでしょう？」

「竹刀が見当たらないと言ったのは弟の梅次の方だった」

「梅次さんはどんな人なのですか？」

「竹右衛門が人知れず心に憤懣を溜め込んでいたのは、父親の先代主が、〝わしを越えねば跡継ぎとは呼ばせぬ〟と叱りつけてばかりいたせいもある。この父親は跡継ぎではない梅次には、掌《てのひら》を返したようにでれでれに甘かった。そのせいで梅次は幼い頃から、やや鈍重な様子で、読み書き、算盤《そろばん》もあまり振るわず、年頃になっても女に好かれなかった。兄の竹右衛門はそんな弟を顎で使っていたという。ただし、剣術だけは竹右衛門より達者で、道場主の眼鏡に適《かな》って、娘婿にという誘いがあったのを当人が断っていた」

「断るのには理由が？」

「これは周囲から洩れ聞いたことだが、梅次もまた兄同様、天秤棒《てんびんぼう》を担いで青物を売り歩く、颯爽《さっそう》とした姿ののり江に心を奪われていたようだ。兄と祝言を挙げさせたくない一心で、梅次が殺《や》ったとも考えられる」

「しかし、向島を訪れたのり江さんが、梅次さんと二人きりで会うでしょうか？　その間、竹右衛門さん、あさ代さんがどうしていたのかも気にかかります」

「酔い潰れてたんじゃないのか？」

「それはあり得ます」

「だとしたら、これは好機とばかりに、梅次がのり江を口説き、一蹴《いっしゅう》されたので、誰にも渡したくないと思い詰めて竹刀を振り上げた――」

「口説く際に竹刀を手にしていたとは思えません。断られて、家の中に取りに行ったのなら、おでいさんに気づかれたはずでは？」

「三人が酒盛りしていたのは座敷だというから、縁側から出入りしていれば、誰が出て誰が入ってきたか、全く気づかないとおでいは言っていた。それゆえ、今のところ、最も怪しいのは梅次ということになる」

「その梅次さんは今、どのようにしていますか？」

「のり江が死んで以来、酒浸りだ。竹右衛門は死んだ父親の今際《いまわ》の際の頼み通りに、弟の面倒をよく見ている。白金屋の暖簾分けをしようとしたが、金箔銀箔に興味のない梅次は乗り気にならず、好きな飴《あめ》売りなら何とかやっていくだろうと、小さな飴売り屋を開かせてはみたものの、酒浸りはおさまらず、奉公人も居着かず、店は一月《ひとつき》と持たなかった。そんな風だから竹右衛門が段取りして、妻を持たせても、すぐに、相手が逃げ帰ってしまう。そんなことを何度か繰り返した挙げ句、今の梅次は三十歳を過ぎたばかりで隠居の身分だ」

「まさに、自分の罪を悔いているかのような自暴自棄ぶりですね」

「このままでは殺された者のみならず、殺した者も生地獄を彷徨《さまよ》い続けることになる」

「詮議をはじめられるのですか？」

「密かにな」

　この時、いつになく蔵之進の目は細められていなかった。射るように澄んだ目を季蔵に向けている。

「俺はもはや、生ける屍《しかばね》に近い梅次に、己の罪を償わしてやりたいと思っているのだ」

「一つ、申し上げたいことがございます」

「何だ」

「お話を聞いた限り、おでいさんは暗がりに人影を見たと言っただけで、男とも女とも断定はしていません。梅次さんを下手人と決めつけるのは早計ではないかと思います」

「のり江を折檻していた竹右衛門の方は、少なからず、疑ってかかるつもりでいる」

「倒れた相手に竹刀を振り下ろすだけなら、女でも出来ることです」

「なるほど、のり江も友達のあさ代なら油断したことだろう。梅次だけではなく、竹右衛門、あさ代までの調べとなると、これは大変だ」

蔵之進は常の細目になって、

「貸しもあることだし、一つここは、手伝ってくれると有り難い」

あま干し柿の詰まった木箱の方を見た。

——蔵之進様はこうなるよう話を進めていたのだ——

「しかし、わたしはしがない一膳飯屋《いちぜんめしや》の料理人でございますゆえ——」

季蔵がうつむくと、

「実はこの南瓜小町殺しが、下手人の目星がついていていながら、うやむやにされて以来、市中で合点のいかない殺しが増えているのだ」

——いよいよ本題に入った——

「とおっしゃいますと？」

「最近では米沢屋の婿殺し、長唄《ながうた》の師匠お連の自害、まだ噂が続いている四季屋のお理彩の最期——。何かがおかしいと俺は思っている」

「同感です」

「米沢屋を強請《ゆす》っていた彦一《ひこいち》は、どうして、婿殺しの現場に居て、強請《ゆすり》の種をがっちりと摑《つか》むことができたのか？　お連はなぜ、自害に見せかけられて殺された？　稀代の鬼女から、涙をしぼる哀れな女と見なされるようになった、お理彩の懺悔《ざんげ》の文も、罪状を記したものにしては、これだけかという物足りなさがある」

「それは——」

お理彩の文は女料理人になろうとしている、万年屋の娘楓に宛てたものであること、止むに止まれぬ行きがかりから、松次と共に四季屋を訪ねた顚末《てんまつ》を話した。

「やはり、そうであったか」

蔵之進はうれしそうに頷いて、

「松次は篤実な男だが切れはしない。主の徳治郎殺しについて、すぐに真の下手人は、前夜、喧嘩《けんか》をしたばかりの柳三ではないと気づいたと、皆に言いふらしていたのが、俺には得心がいかなかった。否応《いやおう》なく柳三をお縄にしたのも松次だと聞いていたからだ。おまえが嚙《か》んでいたのならわからぬ話ではない。さすがだ」

「恐れ入ります」

「気になるのは、楓という娘の命を狙った、松次が忍びと申していた奴らのことだ」

「彦一同様、あらかじめ、示し合わせて、四季屋に潜んでいたのだと思います」

「お理彩が雇い入れた？　お理彩について調べてみたが、母親が遊女だったということだけで、これといった悪いつきあいはなく、文にあったように、四季屋のため、徳治郎のために料理を通しての献身を続けてきている」

「家業を通じてのつきあいならあるはずです。徳治郎の裏切りを知って、ついつい四季屋の客の一人に愚痴を洩らしてしまい、相手が知恵を授けたのではないかと――」

「米沢屋の時は会合か何かで、お理彩と同じように米沢屋征左衛門《せいざえもん》が、同じ女を張り合っている婿への憎しみを口にしてしまったとか――」

蔵之進の細めた目が刃のように光った。

「それと、お連の骸の袖と髷《まげ》の中に、変わり朝顔の鉢から取り出した真珠と珊瑚《さんご》のお宝が見つかっていますが、変わり朝顔の鉢を盗み歩いていたのは彦一です。彦一が米沢屋を脅していたわけですから、彦一の雇い主はお宝を隠した朝顔の鉢を盗ませつつ、米沢屋征左衛門の婿殺しの現場を教えていたということになりませんか？」

「目的は大仕掛けな盗みと殺しだ。普通、盗賊の殺しは押し込みの時の口封じと相場が決まっているが、それだけではなく、巧みに相手を殺しに誘導した挙げ句破滅させる。米沢屋と四季屋がいい例だ。つまり、これには、操り上手な恐るべき黒幕がいるのだ」

蔵之進はぞくりと背中を震わせた。

——熟柿盗っ人のことがまた、気がかりになってきた——

季蔵も項《うなじ》のあたりが急に寒くなり、

「太郎兵衛長屋へも届けなければなりませんし、そろそろ失礼いたします」

蔵之進が貸してくれた大風呂敷で木箱を背負って八丁堀を辞した。

第四話　もみじ大根

一

　太郎兵衛《たろべえ》長屋の木戸門を潜《くぐ》ったのは夕方近くで、あと少しで夕闇《ゆうやみ》に変わってしまう、釣瓶《つるべ》落としの秋の陽射《ひざ》しがひっそりと注いでいた。

「風の便りで熟柿《ずくし》盗っ人のことは聞いてる」

「だから、こうして届けてくれるとは思わなかった」

「正直、今年は諦《あきら》めてたよ」

「熟柿じゃない？　そんなことはどうだっていいんだよ」

「なにも、お大尽が金を積んでも食べたがる熟柿がほしいんじゃねえんだ。長次郎《ちょうじろう》さんの頃から、わしらみてえな年寄りをずっと気にかけてくれてる、心遣いが何よりうれしいんだから」

「このあま干し柿《がき》、あんたが拵《こしら》えたんだろうけど、やっぱり、長次郎さんの味がするよ」

「有り難い、有り難い」

「熟柿と変わりのない仏様からのいただきものさ」

「大事に食べさせてもらうよ」

長屋の年寄りたちは感慨深く感謝の言葉を口にした。

──よかった、これでとっつぁんもあの世で、さぞかしほっと胸を撫《な》で下ろしていることだろう──

季蔵《としぞう》は知らずと笑みをこぼして、ほんの一瞬だけ、自分や周囲を覆おうとしている黒雲を忘れた。

店では三吉《さんきち》がもみじ大根を拵え、鰈《かれい》と水切りした木綿《もめん》豆腐、白い部分だけを細く切って、水に晒《さら》している白髪葱《しらがねぎ》を用意して待っていた。

もみじ大根という呼び名は長次郎がつけたもので、ようはもみじおろしである。

この秋は、肌寒い日が多く、大根の甘みが早くに増したせいか、もみじおろしが市中で大流行している。

大根といえば風呂吹き大根等の煮物が真骨頂なのだが、冬の食べ物であるそれらはまだ先の楽しみというわけで、生のすりおろしを薬味に調味するもみじおろしがもてはやされていた。

〝もみじおろしで何を食べた？〟と訊《たず》ね合い、〝これこれを食べた〟と応《こた》え合うのが挨拶《あいさつ》代わりになっているほどだった。

塩梅屋《あんばいや》でも、このもみじおろしを使った料理を是非にという、客たちの注文に応えようとしていた。

もみじ大根は大根と別名鷹《たか》の爪《つめ》の赤唐辛子《とうがらし》で作る。

大根は、赤唐辛子の長さよりもやや長め、二寸（約六センチ）の厚さの輪切りにし、皮を剝《む》いておく。赤唐辛子は端を切り、種を出す。

大根に菜箸《さいばし》で二箇所穴を開ける。

菜箸の先に赤唐辛子を挿し込み、さらに開けた穴へと挿し込んで、菜箸を抜き取る。

おろし金ですりおろす。

赤いところと白いところのむらは、最後に一混ぜすればなくなり、完全に混ざって、綺《き》麗《れい》なもみじ色になる。

「おろしていくと最後の方が大根ばっかしの白い色になっちゃうんだけど、混ぜるとちゃーんともみじ大根になった」

褒めてほしそうな顔つきの三吉に、

「ところで、大根の長さを赤唐辛子よりも長くしなくてはならないのは、どうしてなのか、わかってるのか？」

にこりともしないで季蔵は訊いた。

「えっ、そ、それは――」

もじもじと身体を揺すり、首をかしげた三吉は、

「ど、どうしてなんだろう？」

「さっき、おまえは自分で言ったぞ」

「言ったかな？」

三吉はしどろもどろである。

「大根の量を赤唐辛子よりも長めにするのは、量を調整して多目にするためで、これでほどよい辛さに仕上げられるのだ」

季蔵の目が微笑《ほほえ》んだ。

「ようは辛すぎないようにってことだよね。ふーん、もみじ大根みたいな簡単なもんにまで胆《きも》があったなんて」

感心する三吉に、

「油断禁物、日々修業、修業」

居合わせているおき玖《く》が苦言を呈した。

「それでは今日は鰈の唐揚げと揚げ出し豆腐、それぞれにもみじ大根を合わせてみよう」

季蔵は竈《かまど》に揚げ油の入った大鍋《おおなべ》を掛けた。

塩をふりかけておいた鰈に切り込みを入れた後、小麦粉を叩《たた》きつけ、油が熱くなりすぎないように注意しながら、ゆっくりと両面を揚げていく。

「おっ、天麩羅《てんぷら》なんかと違ってじっくり揚げるんだね」

「もみじ大根が薬味なら、かりかりに揚げた方がきっと美味《うま》いはずだ」

季蔵は言い切り、客たちに供する前に揚げたてを試食した三吉は、

「鰈の旨味《うまみ》、かりかりともみじ大根のぴり辛が凄《すご》い」

うっとりと目を細め、おき玖は、

「鰈の干物をこんがりと焼いて、もみじ大根で食べても悪くないわね、きっと。あたし、実は、さっき、季蔵さんが留守の時に、立ち寄った魚屋さんから、売れ残ったからって勧められて、鰈の干物を買ったばかりなのよ。我ながらいい買い物したわ」

はしゃいだ声を出した。

次は揚げ出し豆腐である。

「今年は秋が短そうだから、そろそろなつかしくなってきたわ」

身体《からだ》が温まる揚げ出し豆腐は冬場に多く食べられる。

「これはもみじ大根と葱、二種類の薬味勝負です」

「その他はいつもの揚げ出し豆腐だよね」

「そうだ、やってみるか?」

「うん」

三吉は小麦粉をまぶしつけた木綿豆腐を、鰈を揚げた大鍋とは別にたっぷりの油を満たした中鍋で揚げはじめた。

その間におき玖は出汁《だし》と酒、醤油《しょうゆ》、味醂《みりん》を一煮立ちさせて、かけ汁を拵え、季蔵は三吉が作ったもみじ大根に、すりおろした人参《にんじん》少々を加えた。

「あら、どうして?」

おき玖が小鉢に盛りつけた、揚げたての豆腐にかけ汁を掛けながら訊いた。

「それは食べてのお楽しみです」

「それと、どうしてこの葱、こんなに長く水に晒しとくのかな？」

豆腐を揚げ終えた三吉は薬味の白髪葱を、水から上げ、絞ってぬめりを取っている。

「まあ、箸をつけてから答を出してくれ」

「じゃあ、そうするわね。三吉ちゃんもいいわね」

おき玖は三吉を促して箸を取った。

「ああ、美味《おい》しい。油で揚げたきつね色の衣の香ばしさと、中のお豆腐の柔らかすぎない歯応え。出来たてのあつあつを割り引いても最高‼　この風味が生かされてるのは、目にも綺麗なもみじ大根の辛味が、人参の甘みで尖《とが》ってないせいね」

おき玖は見事に人参の謎《なぞ》を解き明かし、

「おいらもわかった、わかった。普通の長い葱は納豆と合わせても負けないくらい、結構、匂《にお》いがきついんだ。しっかり、水に晒して、そこそこ匂いを抜いとかないと、豆腐の方が負けちまうからだったんだ」

三吉も答を出した。

「お客さんたちがおいでになるのが楽しみね。きっと喜んでいただけるわ」

おき玖の言葉に季蔵が頷《うなず》いた時、がらりと油障子が開く音がして、南茅場《かやば》町のお涼《りょう》から頼まれたのだという文を携えた若者が入ってきた。

文には〝急ぎおいでくださるよう〟とまずあって、〝瑠璃《るり》さんの大事ではございませんが――〟と書き加えられている。

文を読み終えておき玖に渡した季蔵は、

「南茅場町へ行って確かめてきます」

知らずと眉《まゆ》を寄せつつ、前垂れと襷《たすき》を外し、身支度を調えた。

「あ、でも、今日は揚げ物で――」

三吉はあわてて自分の口を両手で押さえた。

自分の留守の間に、出火の原因になることもある天麩羅などの揚げ物を、決して、人任せにしないのが季蔵の流儀であった。

「鰈は干物の焼き物に替えて、お豆腐は湯豆腐にすれば大丈夫よ。あたしたちに任せて、季蔵さん、すぐ、瑠璃さんのところへ行ってちょうだい。大丈夫、大丈夫、三吉ちゃんが頼りなくても、先代長次郎の娘のあたしがついてるんだから――」

ぽんと威勢よく自分の胸を叩いた、おき玖に見送られて季蔵は塩梅屋を後にした。

秋の闇《やみ》は風が冷たかった。

――いったい、何が起きたというのだろう？――

季蔵の頭に眠るように息絶えている、瑠璃の人形のような顔が浮かんで消えた。

――今まで、こんな時分にわたしを呼ぶようなことは一度もなかった。だから、やはり季蔵は不安を吹き飛ばすかのように懸命に走った。

息が切れるほどに疾走するといくらか気が休まってきて、

――瑠璃の大事ではないというから、病が悪化したのではないはずだ――

冷静さを取り戻していた。

それでもお涼の家の前に立つと、緊張の余り全身が強《こわ》ばって、

「お邪魔いたします、わたしです、季蔵です」

張り上げた大声が震えた。

二

暗がりの中をお涼が門まで歩いてきた。

「お待ちしておりました」

「あの、瑠璃は――」

「今は休んでいます」

「おかしな念の押し方なのですが、本当に大事ないのですね？」

「ごめんなさい。言葉が足らなかったのね。瑠璃さんは元気です、本当ですよ」

季蔵を招き入れたお涼は、玄関へとは向かわずに縁先へと歩いていく。饐《す》えた匂いが漂ってきた。

「ご覧になっていただきたいものがあるんです」

足を止めたお涼が、手にしていた手燭《しゅしょく》を土の上にかざした。

「これは――」

季蔵が絶句したのは、置かれていた木箱に見覚えがあったからである。匂いはそこから発している。

長次郎が側面に塩梅屋と彫りつけて墨粉で埋めた痕が滲《にじ》んでいた。

「中は？」

「どうぞ、お確かめください」

季蔵は思いきって筵《むしろ》を取った。

脳天をがつんと斧《おの》で叩き割られたかのような衝撃で、一瞬、くらくらと眩暈《めまい》がして立っていられなくなった。

――これがあの熟柿か？――

熟柿、いや、熟柿だったものは、ほとんどが汁になって、皮と一緒にぐちゃぐちゃと木箱の内側にへばりついている。

甘くはあるが不快この上ない強烈な匂いは、腐り果てた柿の匂いだった。

「盗まれた塩梅屋の熟柿に間違いありません」

「やはり――」

お涼は顔を俯《うつむ》けた。

「お奉行様はこのことを？」

「すぐにお知らせしました。それであなたを呼ぶようにと言われたんです。旦那《だんな》様も、じきにおいでだと思います」

「この木箱はいつからここに？」

「二階で昼寝に入った瑠璃さんを見届けて、階下に下りてきて見つけました」

「誰が木箱を置いていったのか見た人は？」

「今日はお喜美《きみ》さんが暇を取っているので、ここはあたしと瑠璃さんだけです」

――見事にやられた――

季蔵は思わず唇を噛《か》んだ。

「どうぞ、中へ。こんなことがあったので、あたしは、一時たりとも、寝ている瑠璃さんを一人にしておけません」

お涼はいつになく狼狽《うろた》えている。

「どうか瑠璃をお願いします。わたしはしばらくここに。ついては、その手燭を貸してください。お奉行様がみえる前にもう一度、丹念に、腐った柿の入ったこの木箱を確かめてみたいのです」

「わかりました」

お涼は季蔵に手燭を渡し、家の中に戻って行った。

季蔵は土の上に屈《かが》み込んで、腐臭に耐えながら手燭を動かし続ける。こうして、長次郎の思い出そのものである、熟柿専用の木箱と向かい合ってみると、目の奥が痛くなるほど悔しさが募ってきた。

すみません、すみませんと何度も長次郎に詫《わ》びつつ、

――何としても一矢を報いたい――

そんな思いで見つけたのは、木箱の横腹に彫りつけられている文字らしきものであった。

お涼に声をかけ、筆と墨を借りて、並んでいる文字らしきものをなぞると以下のような文になった。


熟柿、熟柿と浮かれるな熟柿。手出し無用の塩梅屋。過ぎたるはこの熟柿のようになる、なれの果て。熟柿は骸《むくろ》か、骸が塩梅屋か？


――これは脅迫だ――

意外なことにこの時、季蔵は闇に光が射すのを感じた。

――敵が焦っている証《あかし》だ――

季蔵は一時の感傷を捨てて、木箱の中を注意深く調べはじめた。

――目だけではなく、触れてしかわからぬこともある――

季蔵は手燭を地面に置くと、両手を木箱の中に差し入れて、指先でそろそろとべたべたした汁と皮をなぞっていく。

半分ほど触り終えた時、

——おやっ——

気になる感触に行き当たった。

——どうしたことか、指が滑る——

なぞる度につるつると滑り続けている。

季蔵は滑っている右手の人差し指を木箱から引き上げてみた。

しっとりと柿色に湿っている指先を鼻にかざしてみて、

——とうとう、見つけたぞ——

すでに柿の腐臭は全く気にならなくなっていた。

——まてよ——

季蔵はもう一度木箱を子細に調べた。筆の墨を染ませた脅迫の文にも、側面の塩梅屋の文字同様、滲みが出てきていた。

——陽《ひ》の光の下で見れば、はっきりするはずだが、何かの弾みで、この木箱はざぶりと油を被《かぶ》っていたのだ——

脅迫の文を読み直したところで、再び悔しさと無念さがこみ上げてきた。

——盗みの目的は初めからこのためだったのだ。盗み出してすぐ、とっつぁん秘伝の熟柿には欠かすことのできない、襤褸《ぼろ》の座布団を捨てたのも、最初《はな》っから、売るつもりなどなかったからだ。これほど丹精していたものを——。酷《ひど》すぎる、許せない——

季蔵が思いきり両拳《こぶし》を握りしめた時、

「帰ったぞ、季蔵は来ておろうな」

玄関戸を叩く音と大声が聞こえた。

「はい、はい、只今《ただいま》」

お涼の声が続く。

先がけて玄関へ走った季蔵は、

「お待ちいたしておりました」

烏谷《からすだに》に頭《こうべ》を垂れた。

「今日はの、ここへ来る途中、見知った顔の魚屋に会った。好物の牡蠣《かき》が残っていたゆえ、残らず買ってやった。そちを呼んであるゆえ、料理してもらおうと思ってな。牡蠣は剝き身ゆえ、手間いらず、すぐに美味い牡蠣料理を食わせてもらえるはずだ」

烏谷は大きく丸い顔をほころばせて、わははははとうれしそうに笑った。

——こんな時だから、まずは料理にうつつを抜かせとは、如何《いか》にも、お奉行様らしい

「料理のお好みはございますか?」

季蔵の表情もいくらか和らいでいる。

「それはもう、この秋、食さぬ者はないと言われているもみじ大根使いよな。それに限るぞ」

烏谷はもみじおろしを、わざわざ長次郎の命名で呼んだ。

「わかりました」

「それとせっかくの機会ゆえ、ここの厨《くりや》にあるもので、あと一品ほしいところだ」

「承知いたしました」

烏谷と共に家に入った季蔵は、まずは二階で休んでいる瑠璃が安らかな寝息を立てていることに安堵《あんど》してから、厨へ下りて、料理に取りかかった。

「お手伝いいたします」

お涼が襷を掛けた。

「それではもみじ大根をお願いします」

すると、座敷の方から、えっへんえっへんという咳《せき》払いが聞こえて、

「あれは空腹でたまらない、早くしろとおっしゃっているのです」

もみじ大根に取りかかっていたお涼は苦笑した。

季蔵は時がかかる牡蠣の酒蒸しは洗って塩水に漬けておくという下拵えだけして、後回しにし、餅《もち》好きの烏谷のために、お涼が常備している餅を使った、もみじ餅を先に供することにした。

酒、砂糖、醬油少々を加え、多少濃いめに調味した出汁を小鍋に入れて、弱火に掛け、冷めないようにとろ火を続けておく。

餅は揚げる。

椀《わん》に取った揚げ餅に小鍋のつゆをかけ、もみじ大根、鰹節《かつおぶし》、小口切りの葱の薬味を飾っ

げた。

揚げ物にも目のない烏谷は、すっかり、この揚げ餅に夢中になって、十椀ぺろりと平らげた。

「食った、食った」

ぽんぽんと突き出た腹を叩いた烏谷に、

「シメは牡蠣よな」

催促されたところで、牡蠣の酒蒸しを作り始める。

鍋に同量の酒と水を入れて沸騰させる。そこへゆっくり牡蠣を入れて、身がぷっくりしてきたら出来上がりで、火の通しすぎは禁物である。

牡蠣だけ掬《すく》い取って小鉢に盛り付け、梅風味の煎《い》り酒を垂らし、鍋の湯の中で温めておいたもみじ大根と、小口切りの葱を添える。

「牡蠣をあつあつで食べるために、もみじ大根も湯せんしておくんですね」

お涼はしきりに感心した。

「これぞ、至福の味よな」

烏谷は二十粒ほどの牡蠣をぱくりぱくりと、またたく間に腹に納めてしまった。

茶を出して、お涼が座敷から下がると、

「先ほど木箱を検《あらた》めました」

季蔵は切り出し、

「わしもそちが料理を拵えている間に、あの木箱をよくよく見たぞ。けしからぬ文ではあったが、返してきた木箱もろとも証にはなる。木箱が濡《ぬ》れているように見えるのは水ではないな、油か？」

——さすがお奉行様だ——

「わたしの鼻が間違っていなければ、あれは椿《つばき》油ではないかと思います」

「椿油？　下手人は女か、髪結いだと言うのか？」

椿油は鬢《びん》付け油としてその名が知られている。

「わかりません」

——それほど単純なはずもない——

「証がありながら、ここから先へ進めぬとはな——。そちには何ぞ、これといった秘策があるのだろうな？」

烏谷は、切り出したからには始末もつけろという、大食漢ぶりを発揮していたさっきとはうって変わった、常にない冷淡な口調で迫ってきた。

三

「お奉行様は十年前に市中で起きた南瓜小町殺しを覚えておいでですか？」

季蔵は蔵之進《くらのしん》の名を出して、この事件が昨今の不可解な事件の源ではないかという考えを伝えた。

「うむ。四季屋《しきや》であのような殺しが起きているというのに、嗅《か》ぎ廻《まわ》っているという奴の噂を、とんと聞かぬのはおかしいと思っていた。奴め、矛先を十年前に向けていたとはな」

にやりと笑った烏谷は、

「しかし、今は如何様にも考えられる。四季屋のお理彩《りさ》を殺した毒は阿片《あへん》とわかった。阿片毒にくわしい医者に頼み、お重の中身を鼠《ねずみ》に与えるなどして究明したのだ」

「やはり、お理彩が大番頭の源吉《げんきち》を殺したのと同じ烏頭《うず》毒ではなかったのですね」

「そして、たしかに、このところ、不可解な落着をみせる事件が増えてきている。ただし、いきなり、下手人自害の落着が増えたわけではない」

烏谷は襟元から折り畳んだ紙を出して、季蔵の目の前に広げた。

「これを見よ」

紙には以下のように書かれていた。

十年前　南瓜《かぼちゃ》小町殺し　永尋《ながたずね》
七年前　甘酒屋主《あるじ》殺し　同
四年前　天下祭り　大工殺し　同
三年前　炭問屋おき屋《や》の寡婦つね　病苦により心を病み自ら縊死《いし》
二年前　呉服問屋幸屋《さちや》主幸造《こうぞう》　内儀の不貞を疑い無理心中
一年前　紙問屋横西屋《よこにしや》隠居彦右衛門《ひこえもん》　寄る年波による錯乱時に伜《せがれ》を刺殺　石見《いわみ》銀山

本年夏　米沢屋《よねざわや》主征左衛門《せいざえもん》　鼠取りで服毒死
妾連《めかけれん》の恋敵である婿そで吉《きち》を撲殺、この件で強請《ゆす》っていた彦一《ひこいち》を刺殺　自害

本年秋　四季屋の理彩

弟の主徳治郎《とくじろう》と大番頭源吉を殺害　自害

「七年前、四年前にも南瓜小町殺しに似た永尋があったのですね」

永尋というのは無期限に捜査することだが、事実上、放置されたままであった。

「そうだ、そして、三年前には、夫の死後、何年もの間、男勝りと称されるほどの頑張りで、家業を繁盛させてきた元気の塊のような炭問屋の女主つねが、病気でもないのに病気だと信じて首を括《くく》ってしまった」

「女主の死後、おき屋さんはどうなりました？」

「女主には子が無かったので人手に渡った」

「呉服問屋の幸屋さん、紙問屋の横西屋さんは？」

「おき屋と同様だ。幸屋の夫婦はまだ若く子がなかった。五十歳の坂を越えても矍鑠《かくしゃく》として家業に励んでいた横西屋彦右衛門が、突然、隠居してしまったのは、長年連れ添った女房と可愛《かわい》い盛りの孫を、流行病《はやりやまい》であっという間に、冥途《めいど》に持って行かれてしまったからだ。失意に沈み、心を病んで、とうとう、ただ一人残った血縁の倅も殺してしまった」

「おき屋さんの女主の自害は間違いないのですか？　また、幸屋さんの主夫婦も無理心中、

横西屋さんの倅殺しと自害も真実《まこと》に間違いないのでしょうか？」

「そちはどう思う？」

烏谷はよく光る目を向けてきた。

「おき屋さん、幸屋さん、横西屋さん、どれも跡継ぎの縁がありません。こうも揃《そろ》って、主または血縁の者が死ねば潰《つぶ》れるとわかっているのにもかかわらず、主たちが罪を犯し、死んでいったのはおかしなことだと思います」

「だが、三件とも不審な点はどこにもなかったとされている」

「米沢屋さんも四季屋さんも、表向きは下手人自害、不審なしとされています」

季蔵もまた、鋭いまなざしを返した。

「致し方ない。お上の権威を保つは、人心をいたずらに乱さぬことでもあるのだから」

烏谷はさらりと言い流した後で、

「だが、誰かが真実を暴き、正義を貫く必要はある」

季蔵のまだ和んでいない目にうんと大きく頷いた。

「わたしの話を続けてよろしいですか？」

「もちろんだ」

烏谷は身を乗り出した。

「お教えいただきたいことがございます。七年前の甘酒屋主殺しと四年前の天下祭りの際の大工殺しなのですが、嫌疑がかかった者がいたのではないかと——」

　鳥谷はやや苦い顔になった。

「居るには居た」

「その者たちはどういう――」

「甘酒屋の主が殺された直後、血相を変えて出てきた若い男がいたが、そやつは両替屋佐《さ》多《だ》屋《や》の若旦那だった。天下祭りの大工殺しについては、諍《いさか》いがあったのをやはり、見ていた者がいて、大工の相手は薬種問屋富岡屋《とみおかや》の同じく若旦那――。どっちも他愛のない、好いた女を巡っての争いで、南瓜小町殺しの嫌疑がかかった白金屋《しろがねや》の兄弟とそうは変わらぬ。若さは馬鹿さだとはよく言ったものだ」

「罪に問われそうになったのはいずれも、大店《おおだな》の跡継ぎですね。これまた南瓜小町殺しと同じではありませんか？」

「そういうことになる」

　とうとう鳥谷の顔は苦虫を嚙み潰したかのようになった。

「お上の詮議《せんぎ》はなかったのですか？」

　季蔵は凜《りん》と厳しく声を張った。

「南瓜小町殺し同様、見ていた者たちが見ていなかった、間違いでしたと、言を取り下げてしまったのだ。これではどうにもなるまいよ」

　鳥谷は太い眉を寄せた。

「そうはおっしゃっても――」

季蔵の中で憤怒《ふんぬ》が弾けて、

「不可解な事件もこれだけの数となれば、南北双方の奉行所が各々、関《かか》わっているはずです」

暗に烏谷をも責める口調になった。

「その通りだ」

烏谷は今度は白紙を取り出して、さらさらと南、北の別を書き記した。

南町
十年前　南瓜小町殺し
七年前　甘酒屋主殺し
三年前　炭問屋おき屋の寡婦自害
一年前　紙問屋横西屋隠居彦右衛門の倅殺し自害

北町
四年前　天下祭り大工殺し
二年前　呉服問屋幸屋主幸造、内儀の不貞を疑い無理心中
本年夏　米沢屋主征左衛門、婿そで吉と彦一を殺し自害
本年秋　四季屋の理彩、弟の主徳治郎と大番頭源吉を殺し自害

「さあ、説明してくれ」

烏谷は両腕を組んで季蔵を見据えた。

「八件の事件は永尋、思い詰めての自害、殺しの末に自害の三種に分けられます。悪党は南瓜小町殺しの下手人が捕まらないのをいいことに、七年前の甘酒屋主殺しで、また、同様の隠蔽《いんぺい》に手を染めたのです。南瓜小町殺しでまんまと上手くいったので、慣れた南町の月番の時にまず甘酒屋で試し、大工殺しは北町にぶつけてみたのでしょう」

「当初は大店の跡継ぎたちの罪を糊塗《こと》するべく、見たという者たちを説得し、大金をせしめていたのだな。いや、今でもまだそれを続けているかもしれぬな」

「主たちの思い詰めての自害にしても、南で試して北でもやったというのは同様です。そうなるよう仕向けてくれと頼んだのは、おき屋や幸屋の商売敵だとしか考えられません。一連の不可解な事件は、跡を継がせて家を守ったり、商いを貪欲《どんよく》に繁盛させるためには人殺しをも厭《いと》わない、金を惜しまない金持ちたちが依頼主に違いありません」

「しかし、標的が思い詰めて死ぬよう仕向けるのは至難の業だぞ」

「敵は弱き人の心に入り込んで、邪悪な闇を植え付けた挙げ句、操ることができる名人なのです」

「そうであろうな。さもなければ、息子や婿、弟を殺させた上、自害させたりできるものではない。だが、今度という今度は、お理彩の自害工作を仕損じて尻尾《しっぽ》を出しおったわ」

烏谷は思いきり甲高い声で笑ってみせたが、その笑い声はどこか空《むな》しい響きだった。

——敵の正体に行き着く証は、椿油以外ない——

「さて、どうするかの？」

烏谷は自身を奮い立たせるかのように両拳を強く握りしめ、目の前の季蔵を見据えて、

「三日ほど後に、わしは南町奉行吉川直輔《よしかわなおすけ》殿と滝野川《たきのがわ》の紅葉寺《もみじでら》まで今年最後の紅葉《もみじ》狩りに出る。ことのほか風流好きの奥方、律《りつ》殿も一緒ゆえ、ゆるゆるとした旅になり、泊まりになる。この間にそちは白金屋を探れ」

「いつものように、料理人としてでございますね」

念を押すと、烏谷は首を横に振ると、

「敵はあろうことか、塩梅屋の関与を知っていて、わざわざ熟柿を盗み、腐らせて送りつけてきた。いかに偽りの名を騙《かた》ったとしても、料理人では馬鹿正直すぎる。ここは馬鹿を通り越して、真っ正直で行くのだ」

懐《ふところ》から十手《じって》を抜いてかざした。

——わたしに俄《にわか》十手持ちになれというのか？　それならば——

「まさか——」

「蔵之進に調べさせろとでも言うのだろうが、白金屋に再詮議などと言ったら、すぐにも苦情が北町まで入る。岡《おか》っ引《ぴ》き万町《よろずちょう》の佐七《さしち》は、わしらが紅葉狩りに出かけている、ほんの一時、白金屋を十手にものを言わせて追及し、後は煙のように消えてしまう、偽岡っ引き

でなければならぬのだ」

──しかし、白金屋が悪の元凶ということもある。お連のところへ届けた鮎《あゆ》姫めしで、塩梅屋の主であるわたしのことは知られている。顔も知られているかもしれない。偽りの身分と名を口にしたとたん、この身が危なくなるのでは？──

そうは思ったがたいして気にはならなかった。

──この勝負、先手を取らなければ必ず負ける。瑠璃を守り抜くためにも、命を賭《か》けて闘わねばならない──

「わかりました」

季蔵は十手を押しいただいた。

四

この後、季蔵は階下から鳴り響いてくる烏谷のいびきの轟音《ごうおん》を聞きながら、瑠璃の枕元に座り続け、朝まで見守った。

──互いに、いつ別れが訪れるかしれない身の上だ──

「滋養があって、瑠璃には何よりなので」

お涼に告げて朝餉《あさげ》にはもみじ雑炊を拵えることにした。

もみじ雑炊はまず、鍋にたっぷりの出汁と千切りの生姜《しょうが》一つかみ、みじん切りの葱を入れて一煮立ちさせる。

ここに炊きたてか、水洗いした冷や飯を適量入れ、溶き卵をまわし入れて、塩、胡椒《こしよう》で調味した後、小丼《こどんぶり》に盛りつけ、もみじ大根、刻み海苔《のり》、柚子《ゆず》の皮一片を載せて供する。

「野沢菜の漬け物も添えてはどうかしら？」

「いいですね」

お涼は小指半分ほどの長さに切った、野沢菜の漬け物の茎二切ればかりを、もみじ雑炊の上にそっとのせた。

「朝餉はお部屋で召し上がるのが常です。ご一緒に摂《と》られては？」

瑠璃の寝起きの身仕舞いは、すでにお涼が済ませてくれていた。

二階まで季蔵が二人分の膳を運ぶと、

「季之助《としのすけ》様」

瑠璃は澄み切った目を向けてきた。

「瑠璃、朝飯だ」

季蔵はもみじ雑炊の入った小丼とれんげを渡し、自らもれんげと小丼を手にした。

「さあ、冷めないうちに食べよう。熱かったら、ほら、こうして、息を吹きかけて——」

「はーあい」

幼子のような返事をした瑠璃は一匙《ひとさじ》、掬ったれんげを口に運ぶと、

「おいしーい、季之助様、おいしーい」

にっこりと笑った。

「そうか、おいしいか、よかった、よかった。さあ、もっと食べて――」

この時、口の中が塩辛くなったのは、季蔵の目から涙がこぼれ落ちたからであった。

瑠璃に季蔵と呼ばれたことは、まだ一度もなかった。心を病んでいる瑠璃に今は無く、季蔵が武士の季之助で自分が許嫁《いいなずけ》だった、幸せ一色だった頃を生きている。

――医者は、身も心も引き裂かれるような苦しみ、悲しみ、絶望から、我が身を守るために、このような病に罹《かか》るのだと言っていた。思い出したら、瑠璃が生きていられないのなら、ずっとこのままでいい――

季蔵はもみじ雑炊を残さず食べてくれた瑠璃が愛《いと》しくてならなかった。

――今ある瑠璃を愛し続けたい、守り抜きたい――

階下では、

「足りぬ、足りぬ。美味い朝飯はこれでは足りぬぞ。早く作り足せ。何？　今までのは昨晩の冷や飯で作ったので、この後のもみじ雑炊は飯が炊けぬと拵えられない？　待つのか？　切ないのう――」

烏谷がお涼相手に、文句たらたらとはしゃぐ声が聞こえていた。

烏谷と吉川直輔、奥方の律が、滝野川へ紅葉狩りに発《た》つという前日、季蔵は自分も同行するという方便をおき玖と三吉に伝えた。

「吉川様の奥方様は召し上がりものに拘《こだわ》りのある方なので、宿の食では風流が堪能《たんのう》できそうもない時には、わたしがそこの調理場をお借りすることになっています」

「それ、吉川様の奥方様だけじゃなく、お奉行様も同じなんじゃない？　一泊ぐらい、我慢できないのかしら？　ったく、我儘《わがまま》な人たちなんだから」

おき玖は辛辣《しんらつ》な言葉とはうらはらに、可笑《おか》しそうに笑って、

「わかりました。任せといて。三吉ちゃん、いいわね。これはいい勉強だと思って、しっかり頑張るのよ。とにかく、あんた、一日季蔵さんなんだから」

三吉の背中をぽんと叩いた。

「おいらが一日季蔵さんかあ――」

三吉は一瞬、うっとりした目をしたが、

「ほら、また、慢心、慢心。あたし、あんたをいい気にさせるために言ったんじゃないのよ」

おき玖に咎《とが》められて、

「と、とんでもないっす」

ぶるぶるっと大袈裟《おおげさ》に身震いして見せた。

――わたしも一日、岡っ引きになる――

季蔵は長屋の畳の下に隠してある十手を思い浮かべた。

「それじゃ、よろしく頼むぞ」

そう言って、暖簾《のれん》を仕舞った三吉を見送った季蔵は、

「後をお願いします」

おき玖に頭を下げて、この夜、塩梅屋を後にした。

——また、ここの人たちと、顔を合わせることができるといいのだが——

翌朝、明け烏《がらす》が鳴く頃を見計らって、十手と匕首《あいくち》を懐にした季蔵は、烏谷が指示した古着屋へと急いだ。

夜がやっと明けたばかりだというのに、

「お奉行様の命でまいりました」

声を掛けると店の戸が開いて、

「お待ちしていました」

四十絡みの小柄な主が出迎えてくれた。

「中へ入って、階段を上がってください」

言われるままに二階へ上がると、そこはまるで数知れない役者の楽屋のようだった。

衣桁《いこう》に武士から町人、遊女、物乞《ものご》い等までの身分を表す着物がずらりと掛けられ、帯や足袋《たび》、草履《ぞうり》、巾着袋《きんちゃくぶくろ》、手拭《てぬぐ》い等の小物が添えられている。

床の間には前髪の垂れた若衆髷《まげ》や白髪頭、医者に多い坊主頭や総髪につくられている鬘《かつら》の類がずらりと並んでいる。

「はて、どうしましょうか——」

目を細めた主は季蔵を眺めるように見つめた。

「岡っ引きの形《なり》にしてくれればそれでいい」

烏谷から、ここさえ訪ねれば、誰が見ても、岡っ引きだと信じる身形を調えてくれると言われている。

「岡っ引き縞《じま》と言われている、幅広の縞模様の羽織《はおり》にしましょう。お客さんは少し渋めの方が貫禄《かんろく》が出ます。それから着物は尻端折《しりはしょ》りに着てください。これぞ岡っ引きの粋姿《いき》ですから、少し練習してくれないと、野暮《やぼ》ったさが禍《わざわい》して怪しまれます。十手はお持ちと伺っています。それは腰に挟んでください。羽織からちらちらと見えるように。仕上げは早縄ですが、二尋《ひろ》半（約三・八メートル）の長さで、北町は白、南町は紺です。どちらも用意してありますので、ご自由に」

変装の勘所を話して主は階段を下りていった。

季蔵は早速《さっそく》、言われた通りに着替えて、尻端折りを繰り返し練習した後、朝六ツ（午前六時頃）の鐘が聞こえるのを待って階段を下りた。

季蔵はあえて早縄を、正面から見えるところに下げている。

——再詮議が始まるのだということを印象づけたい——

階下の店先は男女の古着が雑然と吊《つる》されている、ごくありふれた古着屋の光景である。

——これが表の顔だな——

「今晩は戻ってきてここに世話になります」

声を掛けたが応えはなかった。

──理由《わけ》ありの変装筋とは不要な話をせぬことにしているのだろう──

店から一歩、二歩と踏み出した季蔵は、自分は岡っ引きで名は万町の佐七なのだと言い聞かせながら、まずは白金屋の内儀あさ代の両親の住まう長屋へと向かった。

──竹右衛門《たけえもん》に女を折檻《せっかん》する癖があったとしたら、あさ代とてのり江《え》とおなじ目に遭《よ》っているはず。親たちから何か、話を聞けるかもしれない──

長屋はどこも朝餉の準備に追われている頃合いである。

木戸門を潜《くぐ》ったとたん、飯が炊き上がり、味噌汁《みそしる》のいい匂いが鼻を打った。

「あんた、ここに何か用かい？」

いち早く朝餉をすませた独り暮らしと思われる老婆が、井戸端で飯茶碗《ぢゃわん》と箸を洗っていた。

「実は──」

常のような笑顔が綻《ほころ》びかけて、

──これでは駄目だ──

咄嗟《とっさ》に十手を腰から抜いて、

「ここに住んでいたあさ代の両親《ふたおや》に用があるんだがな」

松次《まつじ》の口調を真似《まね》てみた。

「これはこれは親分さんで──」

老婆は多少怯《おび》えた目にはなったが、

「物心つくかつかないうちに、おっかさんと死に別れたあさ代ちゃんは、男親だけだけど、そのおとっつぁんはもう生きちゃぁ、いませんよ。あの娘が玉の輿《こし》で白金屋のお内儀《かみ》になって、ほっとした弾みでひいた夏風邪《かぜ》が元で死んじまった。この先の青物屋の南瓜小町があんなことになって、のり江ちゃんのおっかさん、おとっつぁんが在所の用賀《ようが》村へ引っ込んじまって、三月《みつき》も経《た》ってなかったね。あそこは娘同士だけじゃなしに、親同士三人仲よしだったから、あさ代ちゃんのおとっつぁん、のり江ちゃんの両親の名を呼びながら、〝すまねえ、すまねえ、許してくれ〟って、詫びながら死んだんだ」

話し好きなのだろう、淀《よど》みなく話してくれた。

「〝すまねえ、すまねえ、許してくれ〟ってえのは、あさ代がのり江を殺したかもしれねえ相手の嫁になるからかい？」

「そうだと思うよ。あさ代ちゃんは嫁入り前にもう、白金屋の若旦那の子を孕《はら》んじまったんだから。いくら相手が、友達ののり江ちゃんと言い交わした挙げ句、殺しちまった奴かもしれないってわかってても、自分の娘のこととなりゃあ、何とかしたいと思うのは親心だろうさ。あさ代ちゃんが孕んでるってわかったとたん、おとっつぁんはそりゃ、もう必死で娘をこんな身体にしてどうしてくれるって、白金屋にねじ込んでたよ」

「ところで相手の竹右衛門はどんな奴なんだ？」

「とかくいい男ってのはいけ好かないねえ」

老婆はじろりと季蔵を睨《にら》んで、

「今は知らないけど、若い頃の竹右衛門はたいしたこともないのに、いい男ぶって女に言い寄って、袖《そで》にされそうになると脅した挙げ句、手が出る、そん次は足が出るって評判だったね」

「なるほど」

「やっぱり、あさ代ちゃんのおとっつぁん、ずっと良心が痛んでて、それで今際《いまわ》の際にまで詫びてたのさ。よほどの悪人でもない限り、人ってそんなもんでしょうが、親分？」

「ふむ。まあな」

季蔵はやや居丈高に相づちを打った。

五

あさ代が父親と住んでいた長屋を出た季蔵は白金屋へと向かった。

右手を伸ばすと羽織の裾《すそ》が持ち上がって、十手がちらちらと見える。不自然に見えない程度に季蔵は、右手を上に上げる仕《し》種《ぐさ》をしていた。

「邪魔するよ」

応えを待たずに店の中に入った。

「いらっしゃいませ」

帳場に座っていた大番頭が腰を上げた。大番頭は白髪頭に似合わず顔の色艶《つや》がよかった。

がらんとした店先で売られている金箔《きんぱく》使いの商品は仏壇、金屏風《びょうぶ》、花生け等がちらほらで、客の姿は見られなかった。

――これによく似た光景を前に見たことがある――

季蔵は江戸市中の大黒幕として君臨していた柳屋《やなぎや》の虎翁《とらおう》が、品数が数えるほどしかない、表向きだけの菓子屋を商っていたことを思い出した。

「主はいるかい？」

声を低く淀ませた。

「何のご用でございましょう？」

揉《も》み手をしながら、大番頭は季蔵の腰の十手を見ている。

「見ての通り、俺は万町の佐七ってえ岡っ引きだ。どうしても、訊きたいことと言っておきたいこと、両方があるんだよ。竹右衛門を呼んできてくれ」

季蔵が語気を強めると、

「それではこちらへ」

相手は渋々と奥の座敷へと案内してくれた。

途中、廊下を通ると、十二、三人ほどの職人たちが箔打ちに精を出していた。箔打ち紙に小さな金の延板が挟まれて、二人がかりの金槌《かなづち》で交互に打ち伸ばしていく。

座敷で水が跳ねる鹿威《ししおど》しの音を耳にしていると、

「お待たせしました」

竹右衛門が入ってきた。

三十路を過ぎてはいるが、撫で肩でなよついた身体つきの竹右衛門は、見目形だけは整っていて、たいした芸のない、年嵩《としかさ》の女形《おやま》を想《おも》わせる。

「仕事中だったんなら悪かったな」

竹右衛門は両袖を目立つ鴇《とき》色の紐《ひも》でからげている。

「いえ、これは職人である奉公人たちの手前でございまして、箔は日に一枚、二枚叩き造るだけですから」

相手はふふっと目を笑わせて、

「先代の頃は自ら金槌を叩きましたが、跡を継ぎましてからは、もっぱら、出来上がってくる箔の質を見極めるのが仕事になりました。とかく、職人たちは技のない主を馬鹿にする癖《へき》がありますので、このように襷を掛けて、やろうと思えばやれるというところを見せつけなければなりません。おやじに厳しすぎるほど厳しく仕込まれましたし、日に一度は叩くので腕は衰えていないつもりです。草葉の陰のおやじはきっと、不満でしょうが、わたしなりに白金屋を絶やさずにきました」

如才なく家業についての話を締め括り、探るような狐《きつね》に似た表情を季蔵に向けた。

——いけない、つい、気遣いをしたばかりに、相手に余裕を与えてしまった——

ひやりとした季蔵は、

「十年前の南瓜小町殺しを覚えているはずだ」

「ええ」

小声の竹右衛門は俯いて、

「殺されたのり江とは言い交わした仲で、祝言も近かったんです」

「殺したのはおまえだという疑いもあったぞ」

季蔵は声を思いきり張った。

「違います」

竹右衛門は言い切り、

「もう、その件はとっくにおかまいなしになったはずです」

眉と目を吊《つ》り上げて、まさに狐そっくりになった。

「お上は永尋にしただけで、捕縛に期限は設けていない。それで、今日から、南瓜小町殺しの再詮議が行われることになったのさ。俺はこのことを、おまえたちに伝えにきた」

「おまえたちとは？」

不安そうに呟《つぶや》いた竹右衛門に、

「殴る、蹴《け》るしていたというおまえだけじゃなしに、のり江を想っていたという弟の梅次《うめじ》も、のり江の代わりに、ここの玉の輿に乗ったあさ代にも疑いが掛かっている。おまえたち三人掛かりで、殺《あや》めたのではないかということも考えられる。のり江一人に男女三人、こりゃあ、どう見ても悪質な所業だ。三人が三人とも打ち首になるってこともあるぜ」

季蔵は多少大袈裟に言ってのけた。

「今更ねえ――」

くくっと笑って、竹右衛門は狐顔を作り続けてはいるが、額からは冷や汗が流れ落ちている。

「梅次とあさ代の二人を呼べ」

季蔵はさらに厳しく声を張り、ほどなく、二人が座敷に入ってきた。

あさ代はまだ三十路には多少間があるというのに、瘦《や》せて顔が青白く、後れ毛を搔《か》き上げる仕種まで老けて見える。身体を引きずるように歩いていて、片足が明らかに不自由だった。

──おそらく竹右衛門の折檻によるものなのだろう──

季蔵が思わず労《いたわ》りの目を向けてしまったが、あさ代の方は生気を欠いた石のような表情のままだった。

「あさ代さん、実は今度、南瓜小町殺しが再詮議になったんだ」

季蔵は思いきってぶつけてみた。

すると瞬時にあさ代の固まっていた顔がほどけて、

「のり江ちゃんのことが──」

顔中くしゃくしゃにしてわっと泣き伏せた。よかった、よかったと洩《も》らしつつ泣き続けている。

「女房はこのところ、血の道を患って、たいていは気《き》鬱《うつ》の様子なんですが、時折、こんな風に理由もなく泣き出すんですよ」

竹右衛門が取り繕うと、

「よかった、よかった。これでやっとのり江ちゃんにも成仏してもらえる」

あさ代は泣き顔のまま、

「この日を待っていました。ありがとうございます、ありがとうございます」

季蔵に礼を言った。

「この馬鹿女が‼」

竹右衛門がこめかみに太い青筋を立てた。

「いい加減にしろ。再詮議なんてされて、のり江殺しの下手人にされるのは、俺だけじゃなしに、おまえや梅次もなんだぞ。俺たちの子どもだっていることを忘れるな。お上は俺たち三人で、のり江を嬲《なぶ》り殺したって怪しんでるんだ」

竹右衛門は今にもあさ代に飛びかかって、殴りつけそうな剣幕で、

「親分さん、もういいでしょう？　自分の女房ながら堪忍袋の緒が切れてしまいましたよ」

肝心な話を訊きたかった季蔵は頷かなかったが、

「出て行け、消えろ。おまえの顔なんてもう一生見たくない」

とうとう、あさ代は竹右衛門に部屋から追い出されてしまった。

「梅次の方は、とっとと片付けてやってくださいよ」

梅次だけになって、竹右衛門はいくらか落ち着きを取り戻していた。

丸顔で図体の大きい梅次は障子を開けて入ってきた時から、ぷんぷんと酒の匂いを撒《ま》き散らしていた。

どことなく烏谷に似た風貌《ふうぼう》ではあったが、酒焼けした赤ら顔は、あさ代同様生気がなく、どんよりと淀んだ雰囲気を醸し出していた。

死んだ魚のような目がどこを見ているのかさえもわからない。

――この男、絶望さえ感じられなくなった心で、ただただ酒を餌《えさ》にする獣のように、日々をやり過ごしてきただけか――

季蔵は一瞬、竹右衛門には感じなかった不憫《ふびん》の情に囚《とら》われた。

「聞いていたはずだが、のり江殺しの再詮議が始まった。おまえにも竹右衛門やあさ代同様疑いが掛かっている」

おそらく、何も応えは返ってこないと察していたがその通りだった。

「いいのか？　打ち首になっても。打ち首だぞ、打ち首」

煽《あお》ってみると、これには、一言、

「打ち首？」

大きな図体をぶるっと震わせた。

「そうだ、だが、一刀で首が落ちぬこともあるらしい」

さらに煽ると、

「酒、酒が飲みたい」

梅次は叫んだ。

「この何年も弟は酒の話しかしません」

竹右衛門はほっと安堵のため息をついて、

「もっともその前から、何をやらしても仕損じてばかりなんで、わたしが親代わりに丸抱えしてきました。おやじとの約束で、梅次の面倒は一生、わたしがみるつもりでいます」

殊勝な物言いをした。

「それは立派な心がけだ。とはいえ、奉公人の手前、酒だけ飲ませて遊ばせているのでは体裁が悪いだろう？　何かさせているのか？」

――竹右衛門は箔職人のふりをしているだけだ。ここには、金銀箔屋の表の顔以外に、裏の顔がきっとある。梅次も何かしらの役割を担っているはずだ――

「それは――」

竹右衛門が言い淀んだ時、

「箔蔵――酒はない」

梅次が曇天の空のような顔で応えて、ちっと舌打ちした竹右衛門は、

「梅次には蔵の見張りを任せています。弟にも取り柄はあって、いくら酒を飲んでも、酔い潰れることはないんで、しっかり見張りができて、身体も結構敏捷《びんしょう》に動かせるんです。以前、職人たちの中に、蔵から出来上がった金箔を掠《かす》め取ろうと、錠前を破った者がいました。その時、梅次がたまたま捕まえ、職人には命と同じように大事な腕をへし折りまし

た。それを職人たちが知ったせいか、この時以来、出来心による盗みは起きていません。ただし、蔵の鍵の在処《ありか》はわたししか知りません。これまで弟に任せれば、飲み代に変わってしまうのがオチですからね」

――ようはいいように弟を使っているということだな――

「その蔵とやら、見せてもらおうか」

季蔵は竹右衛門の言葉を待たずに立ち上がった。

六

「ここでございます」

竹右衛門は慇懃《いんぎん》な物腰で蔵の錠前を開けた。

「蔵にあるのは出来上がった箔や、箔にするための金、銀だけか？」

季蔵は蔵の奥に並ぶ大きな瓶《かめ》を見た。

「いいえ、箔をあかすためには油が欠かせません。固い金箔を叩いて薄く伸ばすには、まずは紙にくっつけなければなりませんが、それには油が要るのです。胡桃《くるみ》油を使うところもありますが、うちでは代々、椿油に限っております」

「油ゆえ、誤ってこぼせば染みにもなろうな」

季蔵は蔵の土間に染みている椿油を見逃さなかった。

「おおかた酔った梅次が、憂《う》さ晴らしに瓶の椿油を柄杓《ひしゃく》でぶちまけでもしたのでしょう」

――これで塩梅屋の熟柿の木箱から椿油が匂っていた理由がやっとわかった――

「まあ、今日はこれでよしとするか」

季蔵は勿体《もったい》をつけた言い方をして白金屋を後にした。

烏谷からこの夜の宿にするように言われている古着屋へと向かった。途中、尾行《つけ》られていることに気がついてわざと歩調を緩めた。

片側には大名の上屋敷、中屋敷が並んでいるこのあたりでは見かけることの少ない、煮売り屋の屋台が季蔵の前を横切った。朝から何も口にしていなかったことを思い出し、急に空腹を感じて季蔵は呼び止めた。

〝煮売り屋さん〟と言いかけて、あわてて、

「おい、そこの煮売り屋」

太い声を作った。

「へい、旦那、何でやしょう」

ほっかむりをした店主が、ふわふわと笑って煮売りの屋台を止めた。

「今日は何がいい?」

「そうでやすね、握り飯と八杯豆腐なんぞいかがでやしょう」

「それをもらおうか」

八杯豆腐はうどんほどの太さに切った豆腐を、酒、醤油で味つけした鰹節の出汁で温め、葛《くず》でとろみをつけて仕上げる。秋から冬にかけて、小腹が空《す》いている時には最適であった。

ごくりと唾《つば》を飲み込んだ季蔵に、

「まあ、先に握り飯でも食べててくんなせえ」

勧められた季蔵は握り飯を渡してきた相手の手の指を見てぎくりとした。

――これほど大きな弓タコは弓の達人。この男、普段、煮売り屋を装ってはいるが、実は四季屋で楓《かえで》さんを射殺そうとした――

店主の目がほっかむりの下で光った。

――いかん――

季蔵は握り飯を放り投げて走り出した。二町（約二百十八メートル）ほど疾走し続けたところで、背後に人の気配がした。振り返ると斧《おの》を振りかざした梅次が追いついている。季蔵と梅次の距離は四間（約七・二メートル）、立て続けに斧で襲われればどこまで躱《かわ》すことができるのか――。

「何で斧なのか？　竹刀《しない》はどうした？　道場通いが好きだったおまえは腕自慢だったはずだろう？　竹刀で女を殺したので、以来、竹刀を持てなくなったのか？　この弱虫めが――」

季蔵が罵《ののし》ると一瞬梅次が怯《ひる》んだ。

――今だ――

季蔵は全速力で走り出した。

――速い――

また追いつかれた。梅次はたしかに身体に似ぬ駿足である。

──駄目だ──

走りながらも観念しかけたその時、斧が前方の波除稲荷《なみよけいなり》の草地に円を描いて飛んだ。

振り返ると蔵之進が刀を手にして立っていた。

地面の上にうつ伏せに横たわっている梅次はすでに息絶えている。

風を切る気配がした。

「危ない」

叫んだ季蔵はしゃにむに突進し、蔵之進を押し倒し、庇《かば》った。

矢が蔵之進が背にして立っていた銀杏《いちょう》の幹に突き刺さっている。

──危ないところだった──

季蔵は逃げようとする相手に飛びついた。

組み伏せて後ろ手に縄を掛けようとすると、どこからともなく、ひゅーっと風を切る音がして、矢が相手の心《しん》の臓《ぞう》を射貫《いぬ》いた。

──口封じだな──

がくりと腰を折って絶命した煮売り屋台の主のほっかむりを取ると、その下は白髪頭だった。墨が落ちた眉も白かった。

──何と白金屋の大番頭も一役買っていたのか──

季蔵はここで初めてぞっと身震いが出た。

「危ないところでした」

ふと洩らした季蔵に、

「骸はそのうち、誰かが見つけて番屋に届けるだろうから、我らは行くとしよう」

蔵之進が声を掛け、古着屋へ向かって二人は稲荷橋を渡った。

「あの古着屋はあなたも馴染《なじ》みですか？」

「まあな。烏谷様におまえが慣れぬ岡っ引きに化けると聞いて、興味津々、見張ることにしたのだ。多少、面白さが過ぎはしたが――」

蔵之進は眉を寄せて笑った。

蔵之進は古着屋の勝手口へと廻《まわ》った。

「どうせ、主は居るまい」

勝手口を入ると、驚いたことにあさ代が男女の幼子のために、炊きあがったばかりの飯で握り飯を拵えていた。

「おまえさんを見張っていたところ、裏木戸から旅支度でこの者たちが出てきた。今のままでは、怒った亭主に殺されかねないので、逃げるつもりだと言うのだが、これといった当てはないという。それで、ひとまず、ここを教えて落ち合うことにしていた」

蔵之進が経緯《いきさつ》を話した。

「すみません、子どもたちがお腹が空いたってきかないんで」

厨にはあさ代と子どもたちだけで主の姿はない。

「化け道具のある二階を見せて化けさせ、送り出すまでがここの主の役目だ。後は何が起きるかわからぬゆえ、何日か店を閉めていなくなる。主は主なりに身を守っているのだ」

蔵之進は説明した後、

「その握り飯、俺たちにも相伴《しょうばん》させてくれぬか。今日はもう、朝の早いこやつにつきあって飲まず食わずで――」

あさ代に頼んだ。

握り飯を食べ、白湯《さゆ》を啜《すす》ると、季蔵たちは人心地がつき、子どもたちは瞼《まぶた》が重くなって寝入ってしまった。

「白金屋竹右衛門の悪事について、知っていることを話してもらいたい」

蔵之進はあさ代の窶《やつ》れた顔に目を据えた。

「梅次のみならず、大番頭まで竹右衛門の悪事に加担しているのには驚きました」

季蔵は知らずと口調が常に戻っていた。

「梅次さんは鬼のような亭主の竹右衛門ほどは悪くはありません。けれども、のり江ちゃんに深い想いがあった梅次さんは、自分の竹刀がのり江ちゃん殺しに使われてしまったことに、打ちひしがれて、お酒に溺《おぼ》れ、結果、お酒飲みたさに竹右衛門の言うなりになってきたんです。七年ほど前から奉公している大番頭については、竹右衛門に、算盤《そろばん》だけではなしに忍びも得意だと話しているのを聞いたことがあります」

「あなたが竹右衛門さんを鬼と恐れる理由は？」

季蔵は訊かずにはいられなかった。

「のり江ちゃんとの祝言が迫っていたというのに、あの男は無理やりあたしを――。あたしとのことを梅次さんから聞いて知ってしまったのり江ちゃんは、あたしに本当かと訊きました。あたしが泣きながら、襲われて身籠《みご》もった話をすると、〝あさ代ちゃんはお腹の子に障るから、何も案じなくていいのよ、あたしに任せて〟とにっこり笑って励ましてくれました。そして、あの夜、自分は身を引くから祝言はあたしと挙げるようにと言いに来て、怒った竹右衛門に殺されてしまったんです」

「その時、梅次は？」

蔵之進が念を押すと、

「あたしと一緒でした。お酒は飲んでましたけど暴れてはいませんでした」

「のり江さん殺しに使った竹刀は？」

「白金屋の家作の空き家が出雲《いずも》町にあります。竹右衛門に言われて、そこの使われていない古井戸の中へ投げ込んだのだと梅次さんが言ってました」

「ところで白金屋に怪しい者の出入りは？」

蔵之進はまなじりを上げた。

「皆さん、商いに関わる人たちばかりです。ただ、毎日のように文が届いていました」

「どんな文だった？」

蔵之進の細い目がきらっと光った。

「わかりません。文に限っては、誰にも任せず、直《じか》に竹右衛門が受け取っていましたから」

——これだな——

蔵之進の目に季蔵は頷いた。

子どもたちの寝顔に見惚《みと》れているあさ代に、

「これからどうする?」

蔵之進は訊いた。

「まだ、決めていません。でも、もう、竹右衛門のところへは戻りません。見つからないようにもしないと——」

あさ代は思い詰めた表情で言い切り、

「一時、身を隠せる安全なところなら——」

季蔵は先代塩梅屋主長次郎の頃から縁が続いている、光徳寺《こうとくじ》の安徳《あんとく》和尚ならと思い出した。

「ただし、寺ですから白金屋のような住み心地ではありませんが——」

「かまいません。お願います」

あさ代は深く頭《こうべ》を垂れた。そして、子どもたちが目を覚ますのを待って、季蔵と蔵之進はあさ代母子《おやこ》を光徳寺に送り届けた。

「庭の木々の葉もほとんど散って、少々、寂しい思いでいたところでした。何とまあ、今日は吉日、吉日、ありがたや、ありがたや、南無阿弥陀仏。心置きなくここにおいでになってください」

そう言って、安徳は緊張している母子に微笑みかけた。

光徳寺からの帰り道、

「実はおまえさんに言っておかねばならないことがある」

「何ですか？」

「得心がいかない事件を記した紙は、俺もお奉行様から見せられた。念のためと、共に殺しの嫌疑をかけられながら、お構いなしになった佐多屋と、富岡屋各々に揺さぶりをかけてみた」

「嫌疑をかけられた若旦那たちは皆、主になっているはずです」

「今一度詮議が再開するかもしれないと言うと、二人ともこの世の者とは思えぬ顔色になったぞ。一人など〝そんなはずは――〟と赤裸々に隠蔽の証を顔や言葉に出した。まちがいなく、お奉行様が書き記した事件はつながっている」

「そして、すべての始まりは、白金屋竹右衛門による南瓜小町殺しなのです。ただし、竹右衛門や梅次たちは悪の手先になっていたにすぎません。まだまだ上に大きな黒幕がいるということです」

季蔵は慄然《りつぜん》とした心持ちで言い切った。

七

翌日の夕方、季蔵は牡蠣と里芋の餡《あん》かけ、もみじ大根添えを用意して烏谷を待った。

この料理は手間はややかかるが、この時季ならではの食材が旨味を引き立て合っていて美味である。

まず、皮を剥いて洗った里芋を食べやすい大きさに切り、塩もみしてひたひたの水で茹《ゆ》でる。一煮立ちしたら茹で汁を捨てぬめりを洗う。

これを鍋に戻し、出汁、砂糖、味醂、醬油を加え、落とし蓋《ぶた》をして弱火で火が通るまで煮て冷ます。

牡蠣は塩を振って洗い、笊《ざる》に上げて水気をよく拭《ふ》き取っておく。

里芋の汁気を切り牡蠣と共に、小麦粉を軽くまぶす。

浅葱《あさつき》は小口切りにしておく。

出汁、味醂、酒、醬油、砂糖、片栗《かたくり》粉を合わせて鍋に入れ、弱火にかけて餡を作っておく。

深鍋に菜種油を入れて熱し、まずは牡蠣を揚げる。

里芋はゆっくりと揚げる。

揚がった牡蠣と里芋を皿に盛り、温めた餡をかけ、浅葱を散らし、もみじ大根を添えて供す。

離れにどっかりと腰を下ろした烏谷はいつになく険しい顔で黙々と箸を動かして食べ終えると、

「死んだ大番頭はどこから湧《わ》いて出てきて、白金屋に雇われたのか、考えてみたことがあるか？」

にこりともせずに訊いてきた。

「修業を積んだ忍びの者でなければあれだけの年齢で、あの身のこなしはできないと思います」

季蔵は四季屋の庭の塀を伝って逃げた時の猿のような動きを思い出していた。

「土屋《つちや》兵衛《ひょうえ》という名を聞いたことがあるか？」

突然、烏谷は話を変えた。

「いいえ」

「そうだろうな。十年くらい前に南町奉行職にと名の挙がった高禄の旗本だ。切れ者で、土屋殿が奉行職に就けば、江戸の町はますます発展するといわれ、面識はないもの の、わしも頼みに思ったものだった。しかし、出る杭《くい》は打たれるとのことわざ通り、横槍《よこやり》が入り、別の者がその地位に就いた。土屋殿はその後、四十歳という若さで隠居し、高田馬場に屋敷を建て、表舞台から姿を消した。その兵衛殿の名が先日、南町奉行の吉川殿とその奥方と紅葉狩りに行った折、奥方の律殿の口から出たのだ。兵衛殿の亡くなった奥方、夢路《ゆめじ》殿といわれるそうだが、律殿の遠縁の者だそうだ。夢路殿は吉川殿たち以上に風流を愛し、和歌にも秀でていた。しかし、兵衛殿は風流を一向に解さず、身体の鍛錬にしか興味がなかったのだ。しかも、武芸ならともかく忍びの術が、ことのほかのお気に入りだったとか。嫁いだ後にわかったことだったが、若い頃は忍びに憧《あこが》れるあまり、伊賀《いが》へと家出しかけたこともあったとか。そのときは、熱病のようなものだから、屋敷内だけならばと、両親は渋々変わった道楽を認め、そのうち嫁を娶《めと》れば、熱病も治まると考え、和歌に優れ、深い教養のある夢路殿に白羽の矢が立ったのだ。しかし、兵衛殿の熱病は治まらず、無聊《ぶりょう》にくれた夢路殿は生来の病弱もあり、早世した――」

「まさか?」

「そうだ。律殿から話を聞いて、今の兵衛殿を探ってみた。すると、身の回りの者はすべて忍びで固めている上、始終、忍びと思われる者たちが、塀を伝って行き来しているのを目にしていた者がいるとわかった。今時、この江戸に忍者屋敷は稀《まれ》だ」

「それではあの大番頭は――」

「おそらく、その一人であろう」

「すると、黒幕はその土屋兵衛。して目的は?」

「集められている忍びたちの故郷《くに》は甲賀《こうが》か、伊賀の甲賀転びだと聞いた」

伊賀は将軍家の配下に組み込まれているが、甲賀は曖昧《あいまい》な立ち位置にあった。

「屋敷内とはいえ、土屋兵衛は甲賀の忍びの長《おさ》になっている。いずれ屋敷内での道楽ではすまなくなるだろう。忍びの長として外の世界をも支配したくなる」

「いずれ、乱を起こすとでも？」

「あり得ぬことではない。忍びの者たち集めには金がかかる。そのために、一連の狡猾《こうかつ》にして残忍な企みを考えだし、人の弱い心や貪欲さに付け込んだのだ。当初は罪を逃れるために金を積ませ、次には身寄りのない商売敵《がたき》を自害させたり、心中させたりしての乗っ取りに手を貸し、さらに、殺しの手伝いまでするようになった。米沢屋の妾お連たちも手にかけた。黒幕の兵衛が手にした小判は計り知れぬだろう。悪事は謀反の始まりだ」

「何という悪党――」

季蔵は憤怒の面持ちで吐き出すように言った。

「それゆえ、これは何としても、土屋兵衛が黒幕であるという証を突き止めた上、人知れず成敗せねばならぬ」

烏谷は正面から季蔵を見据えた。

「人知れずでございますか？」

季蔵の目は抗議している。

「町方は武家に踏み込めぬし、高禄の旗本を、白州《しらす》に引き出してはお上の沽券《こけん》に関わるゆえな」

「しかし、身辺は忍びの者たちで守られていて、近づくのさえむずかしい上に、黒幕である証まで摑《つか》むのは並み大抵ではできぬことです。知られている以上、塩梅屋の料理人として屋敷に入るのは白金屋同様無理ですし、岡っ引きの万町の佐七を名乗っては、わざわざ殺されに行くようなものです」

「ちと考えていることがある。どうしても盗み出してほしいものもあるし――」

やっと、烏谷の表情が楽しげに緩んで、

「明日の今頃、長崎屋五平《ながさきやごへい》がここへ来る。もみじ大根を使ったとっておきの料理を食わせてやってくれ」

わはははと豪快に笑った。


翌日の夕刻、烏谷の指示通り、季蔵は長崎屋五平のために鍋の準備をした。ねぎま鍋のもみじ大根添えである。

まず、肉厚で太い長葱を小指半分ぐらいの長さに切り揃える。土鍋に出汁を入れてこの葱を柔らかくなるまで煮る。長葱がよく煮えてから鮪《まぐろ》を入れるのが唯一のコツである。

葱の上に食べやすく角に切った鮪を並べ、色が変わってきたら返して煮すぎる前に取り皿に取り、もみじ大根で食す。

鍋の汁が少なくなるので出汁を追加し、一度沸騰させてから、茹でたうどんを入れてシメとする。

「覚えててくれましたね」

離れの座敷に座った五平は、まだ、鍋に入れていない、皿の上の鮪の大トロに目を細めた。

「大トロ好きは珍しいですから」

菜箸を手にした季蔵は、長葱が煮えてきたところに大トロを並べ始めた。

犬も食わないと言われている鮪は、秋刀魚《さんま》や鯵《あじ》、鰯《いわし》等の下魚《げざかな》にも入らない怪魚であった。それでも赤身を好む向きは多少あったが、脂分の多い大トロ、中トロとなると、肥料にされることが多かったのである。

「ねぎまは赤身というのが常識だが、一度、こうして大トロのねぎまを味わってみたかったんですよ」

早速、箸を手にした五平は、

「美味い、やっぱり、思った通りだ」

歓声を上げた。

「大トロの脂がいい旨味になりますから」

「そりゃあ、季蔵さん、もう絶対ねぎまは大トロに限るよ。そうだ、そうだ、〝大トロねぎま鍋〟っていう演題で噺《はなし》だって出来る。この美味さ、一人占めしてちゃ、世間様に申しわけがたたないからね」

「いいですね、〝大トロねぎま鍋〟」

季蔵は微笑んだ。

長崎屋五平は噺家の修業をして二つ目まで進んだこともあり、家業の大きな廻船《かいせん》問屋を継いだ今も時折、噺の会を催している。

ちなみに恋女房のおちずは、毎日、小屋に列ができるほど人気があった、元女浄瑠璃《じょうるり》の花形であったのを、押して押して押し続けて、やっと五平が妻にしたという、魅力溢《あふ》れる美女であった。

「これからは長葱と鰤《ぶり》にもみじ大根なんてのもイケるね。紅葉は散っても、もみじ大根は春までなんだから、こりゃ、また、いいじゃないか」

五平はほろ酔い加減でうどんを食べ終えると、覚悟を決めた様子で盃《さかずき》を伏せた。

「実はね、こんなもんがうちに届いたんですよ」

眉を寄せた五平は袂《たもと》から文を取り出して開いた。一通目には以下のようにあった。


跡継ぎの五太郎《ごたろう》ちゃんも、今、身籠もっているお内儀さんの腹の子もあなたの血筋ではありません。女浄瑠璃時代に理《わり》ない仲になったものの、身分の差ゆえに結ばれることができなかったお武家様との子なのです。

二通目はというと、

高田馬場の土屋兵衛が良き相談相手になることでしょう。どうかお訪ねなさい。

「これは――」

　季蔵が息を呑むと、

「女房のおちずはそもそも感じやすい性質《たち》だし、今は大事な時なんで、こんな文は見せられません。そもそもわたしはこんなこと、毛ほども信じちゃいないんですから。それでも、これは長崎屋への悪意で、そっちの方が気になって仕方がないもんだから、思い切って、烏谷の大入道、いえ、お奉行様に相談したんですよ。願人《がんにん》坊主の彦一に強請られてた話も隠さずに話しました」

「お奉行様は何と仰せでしたか？」

　季蔵は何やら胸騒ぎがしてきた。

「土屋兵衛というお武家のところまで行くのが解決の近道だとおっしゃいました」

　――何ということを。お奉行様は五平さんにまで隠れ者まがいに仕事をさせようというのか？――

「お内儀さんについて誹謗《ひぼう》中傷しているに違いない相手に会うのは、危険すぎます」

「ええ。でも、夫婦《めおと》の空はいつも晴天とは限らず、この文がいつ暗雲を呼び寄せるかもしれないと思うと、今すぐ白黒つけたい気持ちなのです」

　五平は固い決意を示すように唇を引き結んだ。

　――くだらない戯《ざ》れ言《ごと》と思ってはいても、男女のこととなると、ことさら心は複雑になり、すっきり綺麗に疑いを消すことなど出来ないのかもしれない。相手を愛していればいるほど――

五平は先を続けた。

「そこでわたしは考えました。相手の嘘《うそ》や奸計《かんけい》を見抜くために、一つ騙《だま》されているふりをしようと思うのです。女房のおちずを信じていないばかりか、そもそもが不仲で、お腹の子の父親は誰かと疑っている、そんな哀れな男を演じれば、相手の真の魂胆がわかるかもしれません。願人坊主の彦一の強請《ゆすり》と今回のことは、実は裏で糸を引いている者が同じなのではないかと思えてなりません」

――たしかにそれなら、相手は尻尾を出して女房殺しをもちかけてくるかもしれない。

だが――

「ますます危険です。わたしは反対です」

――五平さんには家族や奉公人がいて、お内儀さんは新しい命を身籠もっておいでだ。そんな五平さんにそんな危ない真似《まね》をさせるくらいなら、わたしが五平さんの身代わりになる――

決心した季蔵は、

「どうか、あまりもう思い詰めたりなさらないように――」

穏やかな笑みを浮かべ、

「男というものに猜疑心《さいぎしん》がこれほどまであるとは、わたしも今回のことでよくよく気づかされました。何とも女々しく恥ずかしい」

目を伏せて背中を見送った五平を見送った。

翌朝、季蔵は烏谷に宛てて文を届けた。


土屋兵衛の屋敷にはわたしがまいります。瑠璃のこと、今後ともよろしくお願いいたします。

季蔵

こうして季蔵は土屋兵衛の屋敷を訪ねることになった。

土屋兵衛の屋敷では、門番までもが身のこなしが普通ではなかった。

門から屋敷までの間は市中の長屋一棟といわず、三棟ばかりがおさまってしまいそうな広さであった。

やっと玄関に辿《たど》り着くと、今度は奥座敷へと辿り着くまでの廊下が長かった。

土屋兵衛は金で出来た大きな不動明王像を背に座っていた。頭は薄毛で、中肉中背のどちらかというとなよついた身体つきである。顔の造りまでもが薄く、印象が希薄だった。

――この男が忍びの首領で、一連の悪事の黒幕だったとは――

季蔵は向かい合って座った。

――このままでは石を仕掛ける時も隙《すき》もない――

季蔵が着物の下に隠し持っているのは紐をつけた石で、隙を見て、仕掛けるつもりでいた。

これだけが、考えつくことのできる唯一の、相手を成敗して、生き延びる手段だった。もっとも相手の成敗を見届けることはできないかもしれなかったが――。

「ここはすべての幸せが手に入るところである。わしは幸せをもたらす神である」

兵衛の声はやや甲高かった。

「わかっておろうな」

「はい」

季蔵は頭を垂れた。

「幸せを手に入れるためには賭けが必要だ。これもいいな」

「は、はい」

「長崎屋、おまえには綺麗ではあるが困ったお内儀がおる」

「ええ」

季蔵は頷いた。

「それではわしはお内儀がもう、決して心を惑わされたりせぬよう、仏様のところへ行けるように願ってしんぜよう」

兵衛は小判の詰まった千両箱を指さした。

「そして、おまえはお内儀の長寿を願え。一月《ひとつき》ほどして、もし、お内儀にもしものことがあったら、これはわしの勝ちなので、おまえはここへ千両箱を届けねばならぬ。よいな」

「はい」

相手を睨みそうになった季蔵は目を伏せた。

「実はわしはどうしても、今、おまえと二人になりたい」

のっぺらぼうのように見えていた無表情が気味悪く笑うと、細く赤い舌先がゆっくりと唇を舐《な》めた。

意外な展開である。

「おまえは元噺家の松風亭玉輔《しょうふうていたますけ》だそうだな。まずは噺を聴かせてくれ」

頭を垂れたまま座っている季蔵は、躙《にじ》り寄ってきた相手に、いきなり両手をつかまれた。

――あっ――

水荒れした手は大店の主にはふさわしくない。

料理人のものだと悟られてしまったのではと季蔵は懸念したが、幸いにも兵衛は気にしておらず、さらに握る手に力をこめた。

「裏庭の籠《こも》り堂がよろしかろう」

兵衛が季蔵の手を引いて、廊下を歩き始めると、目つきの鋭い男たちがついてこようとした。

「無粋は止めよ。籠り堂の外に控えておれ」

兵衛はさらに甲高い声を出した。

兵衛は籠り堂の扉を空いている方の手で開けると、握っていた手を季蔵の背中に回し、強く押し、季蔵を中に押し入れると、後ろ手で扉を閉めた。

奥に置かれた燭台の上でろうそくの炎が揺れた。

「おまえは長崎屋五平を騙《かた》ってはいるが、塩梅屋季蔵だな。わしが何も知らぬと思ってか。愚か者が。わしには多くの目と耳があるのだ。手も足もいやというほどたくさんな」

兵衛は燭台の前に座っている季蔵を睨《ね》め付けながら、ゆっくりと季蔵の周りを歩いている。

「長崎屋に頼まれたのか？」

――わたしのことを知っていたのか？　熟柿が狙《ねら》われたことで、名は知られているかと思ったが、顔までとは――

「目的は何だ？　いや、そんなことはどうでもよい。わしは何でも知っているのだ。瑠璃とかいう、おまえの想い人のこともな」

――だから、熟柿の木箱がお涼さんのところへ――

季蔵は、どう返していいかわからなく、

「兵衛様は何のために、忍びを学ばれているのですか」

やっとのことで、声を絞り出した。

「己を守るためだ。わしは当世一の切れ者と謳《うた》われたにもかかわらず、奉行職にも就けなかった。奉行職に就けば、この江戸を素晴らしいものにできたのに。上様にももっともっと権勢をふるっていただいて、異国にも負けない素晴らしい国にできたのに。頭の悪い、心の卑しい奴らが嫉妬《しっと》して、わしを追い落としたのだ。人の心は醜いものよ。それならば、わしが神や仏よりも素晴らしい心を持ち、力があることを世に示し、人々の卑しさを諫《いさ》めなくてはならぬと、それがわが使命なのだ」

「そんな、そんなことが許されるはずはない」

季蔵は言い切った。

「はっはっはっ、おまえがここへ乗り込んできた度胸は買ってやる。しかし、瑠璃がどうなってもよいのか？　おまえは瑠璃を捨てたんだ。病んでいる想い人を捨てたんだ」

「違う、違う、違う」

季蔵は声を限りに叫んだ。

「なんとでも言え。ほざけ。おまえはここで死ぬ。そうしたら瑠璃はどうなるんだ？　お涼とかいう女が面倒をみてくれるのか？　烏谷の慰み者になるのじゃないか？」

「そんなことはない。瑠璃はわたしのせいで、病んでしまったのだ。わたしのせいで――、わたしのせいで――。瑠璃にはかまうな。手を出すな」

「おめでたい奴だな。おまえのせい？　偉そうなことを言うな。そう思っているのはおまえだけだ。瑠璃がおまえを捨てて、ほかの男を選んだのだ。金目当てにな。人にとって金ほど欲しいものはないからな」

「瑠璃のことをよく知らないくせに。瑠璃はそんな女じゃない」

「じゃあ、どういう女なんだ？」

「瑠璃は瑠璃は――」

――これがこやつの忍法なのだな、しかし、所詮人心攪乱《かくらん》のまやかしにすぎぬ――

季蔵は必死に自分に言い聞かせようとした。

「よし、賭けをしよう。おまえは瑠璃の病快癒を願え。年内に瑠璃にもしものことがあったら、わしの勝ちだから、おまえの命を差し出せ。よいな」

「望むところ」

季蔵が承諾したのを見て、兵衛は得意満面で籠り堂を出ようと扉に手をかけた。

カサッ、外で枯れ枝が小さな音をたてた。

途端に、兵衛は宙返りをして扉から離れた。

季蔵は、この一瞬に賭けた。

隠し持っていた石を兵衛めがけて投げつけた。

石は見事に兵衛の足を撃ち、兵衛は倒れた。

季蔵は兵衛に飛びかかると傍らの紐を兵衛の首に回して力一杯絞めた。

この後、季蔵が籠り堂を出ると、外に一人の男が立っていた。

「北のからす殿が心配していたぞ」

いつものように目を細めた蔵之進が立っていて、地面には三体の骸がころがっていた。

翌日、土屋兵衛の死は事故死と届けられた。

一部始終を聞いた烏谷は、

「しかし、集まっていた忍びの連中は忠義に疎く情なしよな。主が死んでしまったとわかると、どこへともなく煙のように消え去ってしまったのだから。ああして、あの屋敷に居たのは、忍びという矜持《きょうじ》の夢に酔いつつ、三食を楽に食うためだったのだろう。だが助かった。土屋兵衛が遺した、たいへんなものにも興味がなく、火をつけなんでいてくれたのだから」

真顔でほっと胸を撫で下ろした。

土屋兵衛日記と呼ばれるようになったその書面には、商人同士の血も凍るような熾烈《しれつ》な闘いや足の引っ張り合いが、相手の死への切望、依頼として書かれていた。

頼む方は相手の死に賭けず、兵衛は賭けて、その相手が死ぬと賭け金を頼んだ方が払うという方法であった。

はじめは下手人の息子たちを、かまいなしにするための親たちとの賭けだったが、段々に昂《こう》じて、商いにまで応用されるようになったのである。

ただし、これへの詮議は厳しく行われず終《じま》いになった。関わりのあるのは大店ばかりなので、取り締まりすぎると、市中の景気を悪くさせると判断されたからである。

それでも、兵衛と知り合って以来、手下となって数多くの人たちを苦しめ、命を奪ったこともある白金屋竹右衛門は、市中引き回しの上、磔《はりつけ》の極刑に処せられた。

瓦版屋《かわらばん》には土屋日記のことは伏せられていたので、市中の人たちは白金屋竹右衛門こそが巨悪だったと信じた。

そして、その噂はなぜか、早々に、江戸近郊にまで運ばれて、生まれ故郷の用賀村に戻っていたのり江の両親の耳にも入った。

極悪人の子どもと蔑《さげす》まれるのは不憫すぎるから、母親のあさ代ともどもこちらへ来て、田畑を守って一緒に暮らさないかという、のり江の両親からの文が何人もの手を経て光徳寺に届いた。

「のり江ちゃんと仲がよかったあたしのこと、娘同然に思ってて、子どもたちのことは孫同然に思ってくれてるんですって」

あさ代は有り難い、有り難いと呟き続け、何日もかけて、写経を完成させてから旅立って行った。

男前で遣《や》り手と評判の美濃屋《みのや》にも鉄槌《てつつい》が下った。土屋日記に美濃屋来訪の一文があり、詮議で問い詰められると、美濃屋は米沢屋の身代を我が物としたいと思い、内儀八重乃《やえの》に横恋慕していたことも認め、米沢屋征左衛門の死を願う賭けをしたと白状した。

土屋日記では、罪に問われない件も少なくないことから、美濃屋は八丈《はちじょう》送りの異例の寛大な処置となった。

美濃屋の屋号が外され、再び、市中屈指の米問屋米沢屋が蘇《よみがえ》った。

「平助《へいすけ》さんと八重乃さん、晴れて夫婦になるそうなんだけど、〝絶対、旦那様なんて呼ばせない〟って、平助さん豪語してるのよ。今度、旦那様と呼ばせる男は、ほんとにお美津《みつ》ちゃんを好いてくれるお婿さんの他はいないって。謙虚で優しいところ、あの平助さんらしいわね。それから、平助さん、孫ができたら、孫には絶対、河童《かっぱ》話をするんだって張り切ってたわ。だから、河童きゅうり売りは生きてる限り続けるつもりだって」

再び、米問屋としての商いを始めた米沢屋から帰ってきたおき玖が告げた。

一方、秋風がさらにまた一段と冷たく感じられる頃になると、蔵之進が白く粉を噴き出させた干し柿を届けてきた。

前に柔らかなあま干し柿を堪能していた履物屋の隠居喜平《きへい》は、

「いいねえ、柿ってえのは。こうも長く楽しめる水菓子は他にねえだろうが」

感嘆し、

「女房のおちえは芝居見物に干し柿を持ってくのが好きなんだよ」

大工の辰吉《たつきち》は惚気《のろけ》ついでに無心し、十個ほど届けた勝二《かつじ》からは、礼の代わりに、仕事の合間に拵えたという菓子楊枝《ようじ》十本が返ってきた。

季蔵はお涼に預けてあった、長次郎ゆかりの熟柿用の木箱を受け取ると、光徳寺で安徳和尚に経を上げてもらって供養した後、焼却した。

灰の一部を陶器の壺《つぼ》に入れ、仏壇にあげて手を合わせる。

——とっつぁん、来年は新しい木箱で熟柿を作ってみます。どうか見守っていてください——

離れの戸を引いて入ってきたお き玖が、季蔵が木箱の処分について、何の説明もしていないというのに、

「やっぱり、来年もあたし、おとっつぁんの熟柿を作ってみたい」

しみじみと呟いた。

すると、なぜか、

〝頑張れよ、手を抜いちゃなんねえぞ〟

長次郎の声が仏壇から聞こえて、どこからともなく、熟柿の芳香が漂ってきたような気がした。

〈参考文献〉

『手づくり日本食シリーズ　健康食　柿』傍島善次編著（社団法人農山漁村文化協会）
『ふぐの調理技術　すっぽんの調理技術』鈴木隆利著（旭屋出版）

本書は、時代小説文庫（ハルキ文庫）の書き下ろし作品です。

時代小説文庫
わ 1-28

かぼちゃ小《こ》町《まち》 料《りょう》理《り》人《にん》季《とし》蔵《ぞう》捕《とり》物《もの》控《ひかえ》

著者 和《わ》田《だ》はつ子《こ》

2014年9月18日第一刷発行

発行者 角川春樹

発行所 株式会社 角川春樹事務所

〒102-0074 東京都千代田区九段南2-1-30 イタリア文化会館

電話 03(3263)5247[編集] 03(3263)5881[営業]

印刷・製本 中央精版印刷株式会社

フォーマット・デザイン＆シンボルマーク 芦澤泰偉

ISBN978-4-7584-3849-0 C0193

http://www.kadokawaharuki.co.jp/[営業]
fanmail@kadokawaharuki.co.jp[編集] ご意見・ご感想をお寄せください。